九時の月

MOON AT NINE BY DEBORAH ELLIS

デボラ・エリス―作
もりうちすみこ―訳

さ・え・ら書房

九時の月

(装画)　田中 千智
(装丁)　生沼 伸子

1

一九八八年

「砂漠《さばく》の悪霊《あくりょう》ハンター」

いにしえの大地を、悪霊《あくりょう》がうろついている。谷底にすみつき、山中にひそんで。風紋《ふうもん》にまぎれ、サソリとともに眠《ねむ》って。

悪霊《あくりょう》らは見ている。人々のささやかな日々の営みを。

人々は、市場で食料を買うあいだも祈祷《きとう》のときをわすれず、子どもたちに心をくばり、つねにいそがしくはたらいて、悪霊《あくりょう》らに気づかない。

自分たちが苦しんでいるのは、悪霊《あくりょう》らの悪だくみのせいだというのに。列車事故も、子どもの病気も、人々は自らのあやまちの結果だと胸をたたいて嘆《なげ》き、神の前で弱さを恥《は》じる。

それを見て、悪霊《あくりょう》らがわらっている。

そうして、永劫《えいごう》がすぎる。

だが、ついにひとりの人間が目覚めた。彼女《かのじょ》は目を見開いて、悪霊《あくりょう》に反撃《はんげき》を開始した。


「要するに、これって、悪霊《あくりょう》の話ね」

つきはなすようなコブラ校長のいいかたには、ユーモアのかけらもなかった。

ファリンは、校長の机に広げられた自分のノートから目を上げ、その女校長の顔色をうかがった。自分の行為《こうい》が校長をどの程度怒《おこ》らせたのか、知る必要がある。

「化学の授業中に書いていたんです」

こういったのは、校長室にいるもうひとりの人物、パーゴル。ファリンのクラスの級長で、この学校で最も権力のある生徒。最も有能な告げ口屋でもある。

「先生にいわれた課題は終わっていました。終わったから、これを書いていたんです」とファリンは反論した。

「じゃあ、あなたは、化学の時間に習うことをもう全部知ってるっていうわけね。そんな優秀《ゆうしゅう》な生徒がうちの学校にいるなんて、こんなうれしいことはないわ。では、いってもらいましょう。四塩化炭素の化学式は？」

ファリンは即座にこたえた。ただちに校長から新たな問題がだされ、テニスのラリーのような激しい問答がつづいた。とうとうファリンが答えに詰《つ》まると、級長のパーゴルが待ってましたとばかり、すかさずこたえた。ファリンは、うすらわらいを浮《う》かべたパーゴルの顔に平手打ちを食わせたくてたまらなかった。

「そのだらけた格好は、なに?!」校長の怒声《どせい》に、ファリンはたじろいだ。「背筋《せすじ》を伸《の》ばしなさい！」

ファリンは、自分では精いっぱい背筋《せすじ》を伸《の》ばしているつもりだったが、さらに頭を上げて、命令に従っている格好をしてみせた。当然、視線は校長の顔より上方へ、正面の壁《かべ》にかけられたアヤトラ・ホメイニ師の肖像画《しょうぞうが》に向いた。イランの最高指導者の巨大《きょだい》な肖像画《しょうぞうが》は、校内すべての部屋に掲《かか》げられている。

どなり声でウォーミングアップした校長は、長々と説教を始めた。

「答えなさい。私たちが革命を起こして、国王を権力の座から追いだしたのは、あなたがそこにだらけた格好で立つためですか？」

（※）アヤトラ・ホメイニ（一九〇二―一九八九）……イランの宗教・政治指導者。イラン王国の近代化政策に反対して国外に追放されたが、一九七九年のイラン革命の際に帰国し、国家最高指導者となる。

「いいえ、ちがいます、コブラ先生」

「昨夜もたくさんの人が爆撃《ばくげき》で亡くなりました。今夜もまたそれ以上の死者が出るかもしれないんです。それなのに、あなたはそこにだらけた格好でただつったってる。不道徳にもほどがあります」

「申し訳ありません、コブラ先生」

「自分じゃ、化学の先生より知識があるつもりなんでしょうが、あの先生は、大学で修士号をとった人なんですよ。でも、あなたのほうがよく知ってると思ってる。じゃあもちろん、級長のパーゴルより勉強ができると思ってるのね。パーゴルは、お兄さんを三人もイラク戦争で亡くしているうえ、パーゴル自身も、学年では一番の成績。たしか、あなたは十五番だったわね。それでも、パーゴルよりできるというのね」

反論の余地をあたえない校長の説教には定評がある。ひまなときには、趣味《しゅみ》でエヴィーン刑務《けいむ》所《しょ》の尋問官《じんもんかん》をしているらしいといううわさもあるほどだ。

「あなた、悪霊《あくりょう》の話なんか書いてるけど……、何？　砂漠《さばく》の悪霊《あくりょう》？」

校長がファリンのノートのページをめくりながら、拾い読みしている。ファリンは息をのんだ。しまった！　ノートには校長の似顔絵も描いてたんだ……。

「この悪霊《あくりょう》とかいう話は、イランが舞台《ぶたい》?」

「はい、コブラ先生」

「まちがった固定観念を広めないように。イランに、砂漠《さばく》は三〇パーセントしかありません。山もあれば、沼《ぬま》も湖もあるし、肥沃《ひよく》な土地も都市もあるんです」

「はい、コブラ先生。でも、あたしが書こうとしているのは、架空《かくう》の話です。ペルシャの叙事《じょじ》詩《し》、シャー・ナーメからヒントを得たんです。竜《りゅう》と闘《たたか》う英雄《えいゆう》が出てくるので」

もちろん、これは大うそだ。この話の種は、アメリカの古いテレビドラマ「ナイト・ストーカー」。こっそり家に持ちこまれる画質の悪いビデオテープの中のひとつだ。

「つまり、あなたはイランの最高の詩人、フィルダウシーを見ならおうとしているのね。それは見上げた志です」

「ありがとうございます、コブラ先生」

ファリンは、すばやくパーゴルに目をやった。校長の意外なほめことばに、パーゴルはおだやかならぬ表情だ。

「で、この悪霊《あくりょう》は、なんの象徴《しょうちょう》?」

パーゴルの顔に即座《そくざ》に冷笑がもどった。つまり、校長の質問は、不用意な答えをゆるさない危険な質問だということだ。この国、イランでは、つねに質問の答えを用意しておく必要がある。もちろん、その答えが正しければ問題はない。だが、もし間違《まちが》っていたとしても、出まかせは許されない。少なくとも、政府の方針に沿ったものでなければならないのだ。

悪霊《あくりょう》とは誰《だれ》のことか？　ファリンの頭に浮《う》かぶのは、地下に棲《す》み、死後の世界をつかさどる、よくあるタイプのただの悪霊《あくりょう》。悪霊《あくりょう》ジンや、死人を食うグールなど、すがたを変え、血に飢《う》えた、いやらしい霊だ。ファリンがこの話を書いたのは、「ナイト・ストーカー」シリーズのひとつに、中東の悪霊《あくりょう》が出てくる作品があったからで、そのストーリー自体はいい加減なものだった。だが、校長への答えでは、そうはいかない。

「悪霊《あくりょう》とは何を表わしているか、ですか？」

ファリンは、時間稼《かせ》ぎに質問をくりかえした。

「むずかしい質問じゃないはずです。あなたみたいな頭のいい生徒にとっては。あなたはもう十五歳《さい》。五歳《さい》じゃないんだから、まさか妖精《ようせい》や小人を信じてるわけじゃないでしょう。文学の授業では寓話《ぐうわ》も習ったはず。さあ、もう一度質問します。すぐにこたえられないのであれば、あなたが何か悪い考えを隠《かく》していると疑わないわけにいきません。さあ、こたえなさい。悪霊《あくりょう》とはなんなの?!」

日ごろから、ファリンの両親はファリンにきびしくいいきかせている。どんなときも不用意にしゃべってはいけない。行動には気をつけて、目立たないようにしなさい。「政府はつねに見張ってる。わたしたちは、国王をイランに呼びもどそうという重要なことをしているんだから、あなたが目をつけられちゃ困るの。たった一度のまちがいで、すべてがおしまいになるんですからね」というのが母親の口ぐせだ。

突然《とつぜん》、ファリンはひらめいた。思わずニヤニヤしながら校長にこたえた。

「悪霊《あくりょう》とは、反革命勢力の象徴《しょうちょう》です、コブラ先生！」

校長は立ち上がると、大きな机をまわってきてファリンの前に立った。

「級長にあやまりなさい。あなたのことを報告する手間をとらせたことを」

ファリンはパーゴルへ向きなおり、精いっぱいの誠実さをよそおっていった。

「すみませんでした」

「それだけ？」と校長が聞く。

「それに……、よりよい生徒になるよう導いてくれて、ありがとうございました」

今のところは決まり文句をいうまで。この告げ口屋へのおかえしは、あとのお楽しみだ。

「これをかえしてほしいんでしょうけど」校長がファリンのノートを差し上げていった。「この学校がどんなところか、もう一度いわなくちゃならないようね。あなたたちは、この学校に招かれて入学したんです。ということは、その資格がなくなれば追いだされるということです。授業中に悪霊《あくりょう》の話を書くなんてことは、教師に対する侮辱《ぶじょく》です。もしそんな調子で学業に注意を払《はら》わないのなら、あなたの机には別の生徒をすわらせることになりますよ」

校長はファリンにノートを差しだしたが、しっかりつかんだまま、静かにつづけた。

「ファリン、あなたは頭がいい。意志も強い。このふたつはよい資質で、すべてのイラン人女性が持つべきものです。それがあなたに自信をあたえているのはわかります。でも、自信過剰《かじょう》になって最後には困ったことにならないように、よくよく気をつけるんですよ」

校長はやっとノートから手を離《はな》すと、うなずいて退室を許可した。

ファリンはそそくさと部屋を出た。格好をつける余裕《よゆう》などない。今は、ただ逃《に》げ帰りたいだけだった。

2

　校舎の出口に向かいながら、ファリンはずっと復讐《ふくしゅう》のシナリオを考えていた。

　級長のパーゴルにはもううんざりだ。ほかの生徒のやることにいちいち首をつっこんでは、告げ口する。パーゴルと手下のスパイがいなかったら、学校はどんなに快適な場所になるだろう。スローガンをオウム返しにするだけの「革命」の授業さえ、きげんよくうけられるにちがいない。実際、たいていの先生はそれぞれの専門に長けた有能な教師で、教えるのにも熱心だ。ファリンに友だちはいないが、クラスメートはけっして悪い子たちではない。自分たちとは階級がちがうと母親はいうが、ファリンは、クラスメートの幾人《いくにん》かとでも友だちになれたら楽しいだろうにと思う。

「友だちがほしいのなら、わたしがさがしてあげます」が母親の口ぐせだ。「あんな低い階級のどこの馬の骨かわからないような子たちとつきあうなんて、ゆるしません。わたしが女学生だったころは、あの学校は特別な階級のための……」そこからは、母親の「昔はよかった……」の長たらしい愚痴《ぐち》がつづく。母親が通っていたころ、ファリンの学校は上流階級のための学校で、金持ちが娘《むすめ》を送りこんで、社交界にだす前に仕上げの教養を身につけさせる場所だったのだ。だが、革命後は、テヘランじゅうの成績優秀《ゆうしゅう》な少女たちの通う学校となった。入学の資格はテストの結果次第で、授業料もただ。出自は問われないから、今ではさまざまな家庭の子がいる。

「前とはすっかり変わってしまったわ」と母親は嘆《なげ》き、すべての学校行事への出席を拒否《きょひ》している。自分の娘《むすめ》が成績優秀《ゆうしゅう》で表彰《ひょうしょう》されるときですら、表彰式《ひょうしょうしき》に出てこない。

「泥《どろ》の家に住んでいるような子たちの中でぬきん出たところで、価値はないわ」これも母親の口ぐせだ。「勉強は、しなさい。叱《しか》られない程度に。でも、自分ができるのを見せびらかして注目されたところで、得るものは何もないわ。いろんな危険が増すだけよ」

まったく、このバランスをとるのは容易ではない。退学にならない程度には勉強しろ。というのは、この学校を追いだされたら、つぎに行く学校はここより悪いにきまっているから。しかし、かといって、目立つほど優秀《ゆうしゅう》な成績を上げるのもいけないというのだ。その結果、ファリンの成績表には、しばしば「努力を要す」がいくつもつくことになる。

でも、ファリンはあまり気にしなかった。そもそも、これまでだって、うそや隠《かく》し事とともに生きてきたようなものだから。

ファリンが五歳《さい》のとき、イランの国王は、母親のいう「泥《どろ》の家の住民たち」によって追放された。それから、すべてが変わった。女性はみな、頭をスカーフでおおわなければならなくなった。髪《かみ》の毛がほんのひとふさでも見えようものなら、革命防衛隊がとんできて、しつこくいやがらせをする。女性の防衛隊員がつねに車で往来を見まわって、新しい規則に反する服装の女性をさがしているのだ。

往来でだれかが防衛隊に呼びとめられ、服装違反《いはん》を大声でとがめられているのを見るたび、母親は皮肉をいう。

「この国には、なんとかしなくちゃならない問題が山ほどあるっていうのに、あの連中のかかずらうことといえば、髪《かみ》の毛だけ！」

もちろん、大声でいうわけではない。学校と同様、町の中のいたるところにスパイがいる。

ファリンは成長するにつれて、ふたつの顔を持つようになった。外の顔と、ひとりでいるときの顔と。

ノートに物語を書くのは、そんなややこしいすべてのことから逃《のが》れるためだ。ファリンの書く話は、政治とも国王とも革命とも宗教とも無関係。ただ悪霊《あくりょう》と闘《たたか》って勝利する少女の心おどる物語、それだけだ。

革命の標語がデカデカと貼《は》られた廊下《ろうか》を歩きながら、パーゴルへの復讐《ふくしゅう》で頭がいっぱいのファリンは、ぶ厚いノートの背が折れ曲がるほどノートをにぎりしめ、白いスカーフをかぶった下級生があわてて道をよけるのにもほとんど気づかなかった。

パーゴルのせいで校長に知られたりしなければ、この物語は完成して、すばらしい作品として出版されたかもしれないのだ。そして、その本がものすごくおもしろいと評判になって、テレビドラマになったかもしれない。そして、そのドラマが世界じゅうで見られて、イランにはこんなに強くて賢《かしこ》くて独創的な女の子がいるのかとみんなが感心して、そして、そして、ひょっとしたら、作者のあたしが、イギリスやアメリカのテレビのトークショーに招かれたかもしれないのに！

それがすべて台なし！　あの卑劣《ひれつ》なパーゴルのせいで！

このままですむと思ったら大まちがいだ。なんとしても仕返ししてやるから！

ファリンは、校舎の出入り口のそばの更衣室《こういしつ》にとびこんだ。壁《かべ》には黒いチャドル(※)がずらりとかかっている。

学校の制服は、黒いジャンパースカートに、上級生は灰色のスカーフ、下級生は白いスカーフだ。学校の外に出るときは、たいていの生徒が制服の上に濃《こ》いネズミ色の長いマントを着る。とりわけ保守的な家庭の生徒は、体がすっぽりおおわれる黒いチャドルを着る。級長たちは、みなこれだ。

ファリンが着るのは、マント。母親が、黒いチャドルは革命のシンボルだから、国王派の着るものではないと考えているからだ。

ファリンは壁《かべ》ぎわに行き、自分のマントがかかっている釘《くぎ》の真下のベンチに腰《こし》を下ろした。生徒には、それぞれ壁《かべ》の釘《くぎ》の下に自分の場所が割り当てられていて、そのベンチの下に靴《くつ》や運動具を入れる小さな木箱があたえられている。ファリンは、にぎりしめていたノートを床《ゆか》に投げつけた。

物語を書いた苦労も夢も、水の泡《あわ》! 今ではすべてがバカバカしくて、まるで自分が妖精《ようせい》物語を信じている幼い子どものように思える。

投げ捨てられたノートは、ほこりにまみれて床《ゆか》にころがっている。今週この部屋の掃除当番になってる子たちがまじめにやらなかったのだろう。床《ゆか》はゴミだらけだ。


（※）チャドル……頭から全身をすっぽりおおうイランの伝統的な女性の服。

ゴミ。

そう、あたしの悪霊《あくりょう》の物語も、ゴミだ。

そのとき、ふと、チョークのかけらが目にとまった。床《ゆか》にころがったチョークは、灰色のほこりの中に生えた白い小さなキノコのように見えた。

しかし、チョークとは！　ゴミはゴミでも珍《めずら》しいゴミだ。あらゆるものが品不足で、先生たちは学校の備品をものすごくたいせつにしている。チョークのかけらがほこりの海を漂《ただよ》ってるなんて、それこそ、めったにあることじゃない。

ファリンはすばやく辺りを見まわした。生徒たちはみな、放課後の強化活動とやらに強制的にかりだされていて、ここにいるのはファリンひとり。ファリンはさっとかがんでチョークをひろった。チョークを手にすると、壁《かべ》の黒いチャドルが黒板に見えてくるから不思議だ。

今からやることは、明らかに校則破り。興奮のあまり、ファリンはふるえながら、パーゴルのチャドルをさがしだした。壁《かべ》にかかったままのチャドルをできるだけ広げ、その黒い布の上に白いチョークを押《お》しつけた。

でも、なんて書こう？　パーゴルが逮捕《たいほ》されるようなことを書くつもりはない。革命防衛隊にどなられるくらいでちょうどいいんだけど……。

なかなか思いつけない。今にもだれかがここに入ってくるのではないかと不安だからだ。ファリンは大急ぎで、とにかく大きな丸を描《か》いた。その中にふたつの点を描《か》いて目にすると、半円を描《か》いて、にっこりほほえんでいる口にした。それから、チョークをポケットに入れ、自分の場所にもどって木箱をあけたちょうどそのとき、下級生の女の子たちが、にぎやかにおしゃべりしながら部屋になだれこんできた。

ファリンは壁《かべ》にもたれて女の子たちをながめた。下級生は心配事などまるでないようすで、いつものんきで楽しそうだ。自分も、このくらいのときは、こんなふうだったんだろうか？　今のあたしみたいに、親の秘密が世間に知れないように心をくだいている子なんか、この中にはいないのだろう。ファリンは、下級生たちがたがいに気安くしゃべりあい、冗談《じょうだん》をいったり、突《つ》っつきあったり、ゲラゲラわらいあったりするさまを、半ば感心して、半ばうらやましく思いながら見ていた。

この子たちはまるでネズミの子だ。心配も責任も、とにかく気の重いことは、きっとなんにもないんだ。

ふたたびドアがあいて、下級生がさらに大勢入ってきた。ふとファリンは、その騒々《そうぞう》しさの中に別の音が混じっているのに気づいた。この学校ではまだ聞いたことのない音。あまりにも意外で、すぐには思いだせない。

が、知ってる。

そう、これは、音楽。

このイランでは、音楽がすべて違法《いほう》というわけではない。革命の歌はむしろ奨励《しょうれい》されている。

しかし、それ以外の音楽は、ファリンが覚えているかぎり、正式にゆるされたことは一度もない。

ドアが閉まると、その音楽は聞こえなくなった。が、何人かの女の子たちがカバンを背負って家へ帰ろうとドアをあけると、また聞こえてくる。

その調べに耳をそばだてていたファリンは、下級生の騒々《そうぞう》しさにいらだってきた。

「静かに！」

突然《とつぜん》の大声に、下級生たちはびっくりして静まりかえったが、チビネズミのひとりが大胆《だいたん》に口を開いた。

「今の、ファリンよ。ファリンのいうことなんか、聞かなくていいわよ」その子は、ファリンに向きなおってこういった。「あなたは級長じゃないんだから、従う必要はないと思うわ」

ファリンはすぐにいいかえした。

「生まれて五分もたってないくせに、わかったような口をきくんじゃないの！　とにかく静かにして！」

これでまたほんの少し静まった。そのあいだに、ファリンはふたたびその調べを聞くことができた。

「あれは、音楽というものですわ」チビネズミのなまいきないいかたに、ドッとわらいが起こった。わらいは、部屋を出ていくファリンのあとからしつこく追ってくる。

ファリンはわらい声に追われ、音楽に誘《さそ》われて廊下《ろうか》を進み、角を曲がった。物置き部屋の戸がほんの少し開いていて、音楽はその中から流れてくるらしい。

この禁じられた行為《こうい》の主は、いったいだれ？　つきとめようとドアに手をかけたとたん、ファリンは思いとどまった。演奏のじゃまをして音楽がやんでしまってはもったいない。このまましばらく聞いていよう。

この音色はサントゥール(※)。イランに古くからある弦楽器《げんがっき》だ。曲は古い伝統的なものだ。両親がこっそり聞いているレコードで聞いたことがある。

演奏があまりにもうまく美しいので、ひょっとしたらレコードかもしれないと思えてきた。たしかめなくちゃ。ファリンはそっと細くドアをあけると、中をのぞいた。

サントゥールを弾《ひ》いていたのは、ひとりの女生徒だった。スカーフの色から、この学校の上級

(※)サントゥール……木箱に七十二本の鋼鉄製の弦をはったイランの伝統的な楽器。木のバチでたたいて演奏する。

生だということはわかるが、ファリンの知らない生徒だ。天井《てんじょう》からぶらさがった裸電球《はだかでんきゅう》が、うつむいた顔に濃《こ》い影《かげ》をつくっている。見られているのに気づいているのかいないのか、少女はただひたすら演奏をつづけている。

ファリンはその演奏に釘《くぎ》づけになった。学校も、パーゴルも、すべてが消え去り、サントゥールの調べだけが、月の光のようにファリンの体の中に流れこんでくる。ファリンは目をつむり、音楽に身をまかせ、はるか遠くへ運ばれていった。

演奏が終わり、ファリンの心は静かに物置き部屋の戸口にもどってきた。

「さがしもの？」

やさしげな声に、ファリンは目をあけた。演奏していた少女が顔を上げている。見たこともない濃《こ》い緑色の瞳《ひとみ》に見つめられて、ファリンの体に電流が走った。

ファリンはしばし息をするのもわすれていた。

「あ、ええ、さがし……、いや、その、あなた、それ弾《ひ》けないって……」

「ええ、わたし、まだうまくないのよ」と演奏家の少女がこたえる。

「いや、そうじゃなくて、うまいよ、演奏。あたしのいいたいのは、弾《ひ》くのは禁止されてるってこと。見つかったら、罰《ばつ》をうけるよ」

「でも、本当に禁じられてるんなら、学校にサントゥールなんか置いてないんじゃない？　音楽は禁じられているっていうより、奨励《しょうれい》しないってだけじゃないかしら。少なくとも、わたしはそう思うけど」

女生徒は、最後に軽く弦《げん》を鳴らすと、細いバチを箱にしまった。それから、サントゥールを布でくるんで棚《たな》の上に上げた。

「たまたまこの部屋に入ったの。教室かと思って。サントゥールを見たら、我慢《がまん》できなくなっちゃって」

「あたし、だれにもいわない。約束する」

「ありがとう」と輝《かがや》くような笑顔で女生徒はいった。「でも、わたしのせいで、気の重い秘密を持つことになっちゃ悪いわ。いっちゃってもいいわよ。あなたは弾《ひ》かないの？」

「サントゥールを？」

この少女の質問にこたえるのは、なかなかむずかしい。もし、ファリンがピアノを弾《ひ》くとこたえれば……、もちろん、この少女のサントゥールほどうまくはないが、ファリン自身が禁じられた行為《こうい》をしていることをみとめることになる。この少女が、パーゴルのような密告者じゃないとはかぎらない。ファリンは質問にこたえないことにして、逆にこうたずねた。

「この物置き部屋を教室だと思ったたって？」

「わたし、きょう転校してきたのよ。名前はサディーラ。よろしく」

サディーラ。ファリンは心の中でくりかえした。美しい名前だ。

サディーラは楽しいものでも待ちうけるような顔をして、ファリンを見ている。サディーラが何を待っているのか計りかねているうち、外のどなり声が、この場の沈黙《ちんもく》をやぶった。

「なんなの？　あれ」

サディーラがドアを押《お》しあけながら、ファリンの横に立った。ジャスミンのかおりがファリンの鼻をくすぐった。

「あの声はパーゴル。うちのクラスの級長。下級生をどなってるんだ」

きっとパーゴルが、チャドルのチョークの絵に気づいたのにちがいない。

「どなるなんて、よくないわ」

サディーラはそういうと、物置き部屋の戸口にファリンを残したまま、どなり声のほうへ歩いていった。ファリンはあわててあとを追った。サディーラを、パーゴルとのごたごたに巻きこみたくない。

「パーゴルがどなるのは、いつものことなんだよ」とファリンは追いかけながら呼びかけた。

サディーラは何もこたえず、さっさと更衣室《こういしつ》に入っていった。ファリンはやっと追いついた。更衣室《こういしつ》の中では、パーゴルがチョークのついたチャドルを高く差し上げて、泣きじゃくる下級生たちに向かってわめきちらしている。

「白状しないいんなら、あんたらみんな校長室に引っ立てるからね。バカにするのもいいかげんにしな！　こんなこと、だれがやった?!」

「まあ、それ、あなたのチャドルだったの？」サディーラがおだやかにいいながら、進み出た。

「わたし、まちがえちゃったみたい。自分のチャドルに描《か》いたつもりだったわ」

「だれ、あんた？」とパーゴルが噛《か》みつくようにいった。

「ほんとにごめんなさい」サディーラがそういって、パーゴルの手からチャドルをとった。「今すぐ、ふきとります。すぐすむわ」

サディーラは、パーゴルのチャドルを洗面台に持っていくと、ぬらした布でチョークをきれいにふきとった。

「それですむと思ってんの？　ここですきなようにやれると思ったら、大まちがいだよ。あたしは級長なんだからね！」とパーゴルがサディーラをにらみつけた。

「わたし、サディーラ」とサディーラがパーゴルにチャドルを渡《わた》した。

パーゴルが思いっきり顔をしかめた。

「あたしといっしょに校長室にきな」

「コブラ校長先生のところへ？　わたし、けさ会ったのよ。とってもいい先生みたいね」

「どうだか。あんたが何をやったか知ったら」

「わたしが何をやったって？」

「あたしのチャドルに、変な絵を描《か》いたじゃないか」

「わたしが？」サディーラはそういいながらファリンに顔を向けると、すばやくウィンクした。

「変な絵なんて、見なかったけど」とファリンはいった。

「おまえはだまってな！」とパーゴルがどなる。

「変な絵なんて、見てなーい！」と下級生たちもいっせいにいいだした。

してやられた、と思ったパーゴルは、ファリンのほうへあごをしゃくりながら、サディーラにいった。

「あんた、あいつの友だち？」

「友だちは選ぶほうなの」とサディーラがほほえんだ。

「じゃあ、あんた、わざわざ自分から入ってきたわけだ、あたしの縄張《なわば》りに」

「ここに転校できてよかったと思ってるわ」

「ふん！　そう思うのも今のうちだけさ」

パーゴルはそういうと、下級生たちをけちらして更衣室《こういしつ》から出ていった。

ファリンは自分のマントを着、サディーラはチャドルを着て、ふたりは校門を出た。

サディーラが口を開いた。

「あの人とは友だちになれそうもないわ。この学校で友だちができるかどうか、ずっと不安だったの。校長先生は、パーゴルと友だちになるようにっていってくれたんだけど」

「パーゴルは校長のお気に入りだからね。将来は世界のリーダーになる人物だっていってるよ」

「それって、おそろしい考えだと思わない？　わたしは、将来、今よりいいリーダーが現われるって信じたいわ。今は、この世界が悪霊《あくりょう》に牛耳られてるんじゃないかと思うこともあるけど」

ファリンは思わず立ちどまった。

「今、なんていった？」

サディーラはわらってファリンの腕《うで》をとり、道の端《はし》に寄った。ファリンが道の真ん中で立ちどまったので、家へ帰るほかの生徒たちのじゃまになっていたからだ。

「本物の悪霊《あくりょう》に支配されてるっていってるんじゃないの。でも、アメリカのレーガン大統領の写真なんか見ると、悪魔《あくま》って、こんな顔じゃないかしらって思えるわね！　わたしが考えているのは、もっとましなやりかたがあるんじゃないかってこと。パーゴルは、昔ながらのやりかたで、目下の子をどなりつけたりして自分をえらく見せようとしてるんでしょうけどね」

サディーラが校庭のベンチに腰《こし》を下ろした。ファリンは迷った。すわるようにいわれるまで待ったほうがいいのだろうか？　クラスメートとのこの程度のつきあいすら、一度もしたことがない。だが、ただつったっているのも気まずくなり、思いきってサディーラのそばに腰《こし》を下ろした。

ファリンが横にすわったのを、サディーラはふつうのことだと思ったようだ。

そうか、これでいいのか……。

サディーラが話し始めた。

「あなたにたずねてもいいかしら？　こんなことを聞くのは、自分でもおかしいんじゃないかと思うの。だって、絶対そんなはずないんだもの。でも、はっきりわかるまで気になってしかたがないから」

きっと、あたしの秘密を何か知ったんだ！　ファリンは急に気持ちがしずんだ。母親が国王を支持してることだろうか。それとも、あたしがみんなにきらわれてることかも。

ファリンは観念していった。

「いいよ、なんでも聞いて」

「ここの校長先生って、いつも銃《じゅう》を持ち歩いてるの？」

ファリンは思わず大声でわらってしまった。

「校長があなたにピストルを見せたの？　ふつうは、悪さをした生徒にしか見せないんだけどね。下級生なんか、すごくこわがって、ギャアギャア泣いてる声がときどき廊下《ろうか》まで聞こえるよ。でも、ほんとに撃《う》ったことはないから。少なくとも生徒にはね」

「校長先生が、わたしの目の前でピストルをふりまわしたんじゃないの。ただ、腰《こし》に差してるのがチラッと見えたような気がしたもんだから」

「実際、校長はツワモノなんだ。パーゴルみたいにどなるだけの強がりじゃなくて、本物のね。聖地コムにある女子大の大学院を卒業して、革命のあとアメリカ大使館を占拠《せんきょ》した学生のひとりだったって。あたしは、できるだけ関わらないようにしてるけどね」

サディーラはポケットからキャラメルを二個とりだすと、ファリンにひとつ渡《わた》した。

「わたし、この学校がすきになりそうよ」

「前の学校はどうだった？」

「しばらく学校を休んでいたの。父の看病をしてたから。いっしょに暮らしてた家族は、二年前の空爆《くうばく》でみんな死んだの。母も兄たちも祖父母も。わたしと父以外は、みんな」

サディーラは、まるでふつうのことのようにそういった。ファリンは信じられなくて、ただサディーラを見つめていた。

「このことは、ふたつの頭で考えなくちゃならないの。たいていは、わたしと関係ない別の人に起こったことだと思うようにしてるわ。そうすれば、何も感じなくてすむから。これって、いけないことだと思う？」

今、自分は真剣《しんけん》な答えをもとめられている。こんなこと、今まで一度もなかった。

「亡くなった人たちは、あなたに生きのびてほしいと思ってるよ、きっと」

ファリンの答えに、サディーラはうなずいた。

「ええ、わたしもそう思う。とにかく、父は長いあいだ病気だったの。あまりにも悲しくって、自分のことすら何もできなくなったのね。わたしは家で父の世話をしながら、自分ひとりで勉強してた。最近になって父がだいぶよくなったから、この学校の転入試験をうけたら、とおったってわけなの」

サディーラといっしょにキャラメルをなめ、校庭を横切って帰っていく生徒たちをながめながら、ファリンは考えていた。

あたしも、自分のことをサディーラに話さなくては。何か重要なことを。だって、サディーラはこんなにたいせつな話をしてくれたんだから。

でも、何を話そう？　母親が国王を支持してること？　あたしが悪霊《あくりょう》の話を書いてること？　頭の中で、問いはグルグルまわりつづけ、何ひとつはっきりした答えは出てこない。

バカみたい。なんでもいいから話しちゃえばいいんだよ！

そう決心して、ファリンが口をあけたとたん、サディーラがいった。

「あ、わたしのバスだわ」

サディーラはベンチから立ち上がり、足早にバス停に向かって歩きだした。が、すぐに立ちどまってふり向いた。

「わたし、南行きのバスなの。あなたは？」

「北」

「そう。ねえ、教えてほしいんだけど。それとも、大事な秘密なの？」

「なんのこと？」

サディーラはわらって、うしろ向きに二、三歩歩くと、いった。

「バカね、あなたの名前よ！」

「ファリン」

「ファリン……。じゃあ、ファリン、またあしたね！」

歩き去るサディーラのすがたは、バスに乗ろうと押《お》しかけた生徒たちの黒いチャドルにまぎれて、すぐに見えなくなった。

ファリンはつぶやいた。

「あの子、悪霊《あくりょう》ハンターにぴったり」

3

ファリンはバスには乗らなかった。父親がいつも自家用車の迎《むか》えをよこすのだ。

「運転手には手当を払《はら》ってる。やつだって、少しでもかせげるほうがいいだろう」と父親はいう。

「どこに行くのも車で送ってもらってたら、いつまでたっても町の中のこと、わからないよ。もう子ども扱《あつか》いはやめて」とファリンは抵抗《ていこう》した。

「わたしたちは、あなたの安全のことを一番に考えてるんです」と母親がピシャリといって、話はいつも終わりになる。

うそが三つ。車が待っている通りへと、校庭を横切って歩いていきながら、ファリンは思った。

一番目のうそ。父親が運転手に手当を払《はら》ってるといったこと。父親は運転手に給料を払《はら》っていない。

運転手は、アーマドという名の、やせてうつろな目をした中年の男だ。イランにやってきた何百万人というアフガン難民のひとりで、ファリンの父親に雇《やと》われている。アーマドがもらっているのは、三度の食事と、小さな寝《ね》場所――ファリンの家の門のそばにある小さな部屋の床《ゆか》に敷《し》いたマットの寝床《ねどこ》だけだ。ファリンの父親は、アフガン難民をほとんどただではたらかせることによって、大きな建設会社を築きあげた。住居のない労働者は建設現場に寝泊《ねと》まりするから、父親は警備員を雇《やと》う費用が省ける。労働者たちは、地面やコンクリートの上にぼろ布を敷《し》いて眠《ねむ》った。給料を上げてほしいといいだす者は、父親が密入国者として強制送還《そうかん》させた。

ファリンは、実際に父親がそうするのを見たことがある。以前、アフガニスタン人の庭師が父親のもとではたらいていたが、あるとき、アフガニスタンにいる家族に生活費を送ってやりたいからと、給料をくれるように要求した。ファリンの父親はほほえみながら庭師をすわらせた。それから、前々から買収していた警察官を電話で呼びだし、庭師をつれていかせたのだ。引っ立てられる庭師を見ながら、父親は相変わらずほほえんでいた。おまけに、そこではたらいている難民たちに、わざわざ仲間がつれ去られるところを見せつけた。

二番目のうそ。ファリンがバスに乗りたいのは、テヘランの町を知るためだということ。本当は、自分の生活をコントロールしているおとなたちから逃《に》げだしたいのだ。

学校と家を往復するだけの毎日は、まるで鳥かごにでも入れられているよう。もしバスで通学できれば、たまには知らない場所で降りて街角の店をのぞいたり、ピザを食べたり、ぼんやりと店先にすわってあれこれ空想することもできるではないか。

三番目のうそ。母親が、ファリンの安全を心配しているといったこと。

「あたしの安全なんかより、どう見られるかが心配なだけよ」

放課後、いつもの車にアーマドがすわっているのを見るたび、ファリンはそうつぶやいた。

天気のよい日、とくに大気の中に自由のかおりが漂《ただよ》っているような昼下がりは、車に乗るのがいやでいやでたまらなかった。母親は、ファリンが下層階級の「有象無象《うぞうむぞう》」と同じバスに乗ったりすれば近所の金持ち夫人たちにどう思われるだろうと、それを気にしているだけなのだ。

サディーラがバスに乗りこむのを見たあと、ファリンはいつにもまして、自家用車に乗らなければならないのが腹立たしかった。アーマドが車で待っていなければ、バスに乗って帰れたのに。そして、もし家が反対の方向だったら、サディーラと同じバスに乗って、もっとおしゃべりできたのに！　あの転校生は、何かおもしろい話をいっぱい持ってる気がする。いっしょにバスを降りて、サディーラの家までならんで歩いていけたらどんなに楽しいだろう！　ただ家を見るだけでいい。だって、友だちだったら、そんなことするものだ。こっそり見たアメリカのテレビドラマに、よくそんなシーンがあったではないか。

ファリンは、父親の車がいつもの場所にとまっているのを、少し離《はな》れたところからさぐり見た。ボディも屋根も、ピカピカにみがかれている。メタルフレームは日光を反射してキラキラ輝《かがや》いている。きょうはアーマドのひまな日だったんだろう。時間があると、アーマドはせっせと車を磨《みが》く。働き者の運転手だと思われたいからだ。実際アーマドはよくはたらいている。日々の粗《そ》末《まつ》な食べ物とかたい床《ゆか》の寝《ね》場所、たったそれだけのために。

ファリンを見つけて、アーマドがさっと車から降りた。後部座席のドアをあけ、ファリンを待った。

「金持ちー！」

歩いて帰る生徒のひとりがあざけるようにいって、ほかの女の子たちとクスクスわらいながら通りすぎていった。

「ここがアメリカなら、『金持ち』と呼ばれるのは、ほめことばよ。『金持ち』が侮辱《ぶじょく》のことばになるのは、イランだけよ！」

母親なら、きっとそういって憤慨《ふんがい》するにちがいない。でも、ファリンは知っている。イランだけではない。キューバやほかにもそんな国はあると、「革命」の授業で習った。だが、ファリンは、そんなことをいって母親と議論するつもりはない。ヒステリックな愚痴《ぐち》を延々と聞かされるはめになるのがわかってるから。

そばの街灯のポールに、女性の権利をもとめる違法《いほう》なポスターの一部がはがれ残っていた。ファリンはそのポールにもたれ、道路越《ご》しにアーマドを見た。アーマドは、ドアをあけたまま、車のそばに直立不動の姿勢で待っている。ファリンの母親がやっと手に入れた、真っ白いシャツに黒ズボンというお抱《かか》え運転手らしい服装で。ファリンがいつまでたっても道路を渡《わた》ってこないので、アーマドがいぶかし気な顔をした。だが、ファリンに手をふったり声をかけたりして、いらだちを表わすことはない。

仕事を失うのがこわいからね。でも、それはアーマドの問題。あたしにとっては、どうやって母親のコントロールから逃《のが》れて、ほんのしばらくの自由と安らぎを得られるか、そっちのほうが切実な問題よ。

ファリンはゆっくりと通りを渡《わた》った。

「ファリンさん、急いでください。あなたを早く家につれて帰らなくちゃならないんですから」

「何を急ぐ必要があるの？　あわてて帰ったところで、おもしろいことなんか何もないじゃない」

「あなたを家に送りとどけたら、そのあとすぐ旦那《だんな》さまの建設現場に行かなくちゃならないんです」

「じゃあ、あたしをつれていけば？　あたしなら、すぐ帰る必要なんかないんだし」

ファリンは後部座席に乗りこんでドアを閉めた。

アーマドはちょっと迷っていたが、運転席に乗りこんだ。

「奥《おく》さまは、あなたをすぐつれてかえるようにおっしゃいました」

「あたし、お父さんに会いたいの。車だして。お父さんは気にしないってば。さあ、今から冒険《ぼうけん》だ！」

「奥《おく》さまは、あなたに冒険《ぼうけん》させたいとは思ってらっしゃいませんよ」

「お父さんは思ってるから、だいじょうぶ！」

そういっても、アーマドが車を発進させないので、ファリンはつづけた。

「雇《やと》うのも首にするのも、お父さんよ。さあ、急いで行かなくちゃならないんじゃなかったの？」

アーマドがやっと車を発進させた。

車は北に向かった。たくさんの店や、ファリンがいつかひとりで入ってみたいと思っていたピザ屋の前を通りすぎ、自宅のほうへ入るわき道も通りすぎて、さらに北へ走っていく。家やアパートが建ち並ぶ地区をすぎると、車はやがて低木の生えた荒地《あれち》にさしかかった。アフガン難民のキャンプがそこここにある。正面にそびえるアルボルズ山脈の山々がますます近くなり、今にもこちらにおおいかぶさってくるように見える。

その山脈に比べればはるかに小さいが、威圧的《いあつてき》なすがたで近づいてきたのが、エヴィーン刑務《けいむ》所《しょ》だ。車が丘《おか》に上ったとき、その高い塀《へい》の中の建物群がかいまみえた。だが、谷間を下ると、また塀《へい》の内側は見えなくなった。

「うちの校長は、あの刑務所《けいむしょ》で尋問《じんもん》してるって」

「え？　なんですか？」

「うちの校長よ。ひまなときは刑務所《けいむしょ》に行って、入ってる者を尋問《じんもん》してるんだって。たぶん、拷《ごう》問《もん》なんかもやってるんじゃない？」

バックミラーの中でアーマドが目を見張った。

「なんですって？　拷問《ごうもん》するような人が校長になれるんですか？　子どものそばにいていいんですか？　どうしてそんなことがゆるされるんです？　ご両親はそのこと知ってるんですか？」

「冗談《じょうだん》よ」とファリンはあわてていった。「ほんとにやってるわけじゃなくて、それほどいじわるだってこと。冗談《じょうだん》でみんなそういってるだけよ。アフガニスタン人は冗談《じょうだん》いわないの？」

バックミラーのアーマドの目が、もとの大きさにもどった。

「刑務所《けいむしょ》は、冗談《じょうだん》でいうようなことじゃありません」

「アーマド、刑務所《けいむしょ》に行ったことあるの？」

「刑務所《けいむしょ》のことは、冗談《じょうだん》ではいえません」アーマドはそう繰《く》り返すだけだった。

車は、アルボルズ山脈をつっきってカスピ海へ通じる舗装《ほそう》道路を走っていたが、やがてわき道へそれ、穴ぼこだらけのほこりっぽい道を走り始めた。車の両わきへ霧《きり》のように舞《ま》い上がる土ぼこりを見ながら、ファリンはいった。

「車、洗いなおさなくちゃならないね」

道路の両側には、あちこちに戦闘《せんとう》の傷跡《きずあと》があった。爆破《ばくは》された軍用トラックが厚いほこりをかぶって、まるで巨大《きょだい》な岩のように見える。

ファリンの母親は名門の出だ。母親の父親は、イランが王国だったころ国王に重んじられた将軍で、王族と同じ待遇《たいぐう》をうけていたほどだ。革命の機運が高まってくると、身の危険を感じた将軍は妻とともに国外に逃《に》げた。娘《むすめ》、つまりファリンの母親をイランに置き去りにして。そのころすでに親の意にそぐわない男と結婚《けっこん》していた娘《むすめ》を、自分の選んだ運命に従うがよかろうと、見捨てたのだ。

ファリンの母親は、結婚《けっこん》によって自分が支払《しはら》った犠牲《ぎせい》をけっして夫にわすれさせなかった。

ファリンの父親は、母親が両親の家で暮らしていたころ、近くの基地にいた兵士だった。遊牧民の出身で、子どもの時たき火の中にころがりこんだときの火傷《やけど》のせいで、右手で銃《じゅう》の引き金を引くことができなかったが、兵役を免除《めんじょ》されたわけではなかった。銃《じゅう》を持つ代わりに、食糧《しょくりょう》や燃料などの物資を手配する補給係になり、意外にも才能を発揮した。

退役後は、妻の人脈で政府関係の割のいい仕事にありついたが、革命でそれもだめになり、失業してしまった。

ファリンがまだ幼かったころ、両親はよく食事のテーブルをはさんで口論をしたものだ。母親は夫のことを「砂漠《さばく》がお似合いの役立たず」と呼んだ。

「砂漠《さばく》育ちのくせにフォークの使いかたがよくわかるものね。あなたが失業したせいで、わたしは金《きん》の装身具を全部売り払《はら》わなくちゃならなかったのよ」

このせりふが何度となく繰《く》り返された。ファリンも父親も、そのことばを聞き流しながら黙々《もくもく》と食事をつづけるのにすっかり慣れてしまった。

イランでは、女性のもっている金《きん》の装身具は女性の財産。どんな不運に見舞《みま》われるかわからない将来、身を守ってくれる唯一《ゆいいつ》の宝だ。イランの女性は生涯《しょうがい》を通じて、ことあるごとに金《きん》の装身具を贈《おく》られる。そして、それが結婚《けっこん》のさいの持参金となる。金《きん》は実質的でたしかな富であり、身に着ければまわりの人々に自分の価値を見せつけるものともなるのだ。

「テヘランの北のほうは土地が空いている」

ファリンの父親はよくそういって、新たな富をどうやって手に入れるかという話を、喜々として繰《く》り返した。

「あの辺りの土地は安いぞ。岩だらけだから農地には向かないし、見るからになんの魅力《みりょく》もない。だから、だれもあの土地はほしがらない。おれ以外はな！　そいつが肝心《かんじん》なところさ！」

金《きん》の装身具は売られ、土地が手に入った。ファリンの父親は建設業のケの字も知らなかったが、図書館にかよい、学べるかぎりのことを独学した。さらに多くの金《きん》が建設資材に変わった。アフガニスタンからの難民は安く使え、そのうえ、教育をうけた技術者もかなりいた。最初にできあがった家は堅固《けんこ》で見た目も美しく、金持ちの家族に高く売れた。金持ちたちは、混雑したテヘラン市街地から離《はな》れた住みよい場所をもとめていたのだ。ファリンの父親はさらに土地を買い、さらに多くの建物を建設した。そして、建設業者として確固とした地位を築き、家族は豊かになっていった。

「ほんとにお父さまは怒《おこ》らないと思いますか？　あなたが現場にきたりして」と車をとめたアー

マドが聞いた。

「心配ないって。お父さんは、あたしが来れば喜ぶよ」

あまりいいたくないが、それだけはたしかだ。母親はファリンを見ると、いつもちょっぴりいらついた顔をするが、父親はたいていにっこりする。

ファリンとアーマドは車を降り、新しい住宅予定地に立った。もう半ば建っている家もあれば、まだ鉄筋のつきたったコンクリートのかたまりが並べられているだけの敷地《しきち》もある。そこかしこからハンマーの音が聞こえ、クレーンが資材を空高く持ち上げている。

父親のすがたは、広い敷地《しきち》の向こうにあった。労働者のひとりと何やら議論しているようだ。ふたりとも家の骨組みを見ながら熱心に話していて、ファリンが近づくまで気がつかなかった。

「お父さん！」とファリンは声をかけた。

父親はファリンに驚《おどろ》いた顔を向けたが、やっぱりほほえんだ。が、横目で、どういうことだ？というようにアーマドを見た。

「あたしが、つれてきてって頼《たの》んだの。お父さんに会いたかったから」とファリンはあわてて父親にいった。

「だが、なんでわざわざこんなところまで？　今晩、家で会えるじゃないか」

ファリンは答えをさがしながら、まわりに目を移した。建築資材や人々のはたらくようすを見て、いい口実を思いついた。

「そろそろ、お父さんの仕事を覚えてもいいころかなと思ったの。お父さん、案内してくれる時間ある？　学校を卒業したら、この仕事できるかもって」

父親のとまどい気味のほほえみが、満面の笑顔になった。

「できるさ、おまえなら！　きょうはあんまり時間がないが、いいさ、早速始めようじゃないか。おまえがこの仕事に興味を持ってくれるとは、まったくうれしいよ！」

そのあと二十分間、ファリンは、基礎《きそ》工事や鉄筋のことや、屋根を葺《ふ》くときどうやって費用を安くあげるかについて、父親から熱心に聞かされるはめになった。最初、ファリンは口から出まかせに興味があるようなことをいってしまったことを後悔《こうかい》したが、だんだん本当におもしろくなってきた。少なくとも、ここには学校や家とはちがうものがある。

「そのうち、おまえを仕事の相棒にして、あちこち行けるようになるかもしれんな」父親はそういってから、ファリンにウィンクした。「このことは、母さんには内緒《ないしょ》だぞ！」

ファリンはにっこりうなずいたが、心の中でつぶやいた。たいした秘密！　そもそも内緒《ないしょ》にする必要もない。母親は、ファリンが建設業に興味があるかどうかなどまったく気にもしていないのだから。ふだんから話もしないし、どっちみち秘密だらけの家族なのだ。

そのとき、ファリンは建築現場がやけに静かになっているのに気がついた。ハンマーの音も、のこぎりの音も、いつのまにかやんでいる。父親もそれに気づいたようだ。はたらいていたすべての男たちが、ファリンを見ている。

「なんで、みんなあたしを見てるの？　あたしが女だから？」

「おまえが子どもだからだ。みんな、故郷のことを思いだしてるんだ」と父親がこたえた。

「じゃあ、あたしがここに来るのって、いいのね」

「やつらが動揺《どうよう》しなけりゃな。子どものことなど思いだしてもらっちゃ困る。やつらには、おれの建物のことだけを考えてもらわないとな」そういうと、父親はいきなり大声をだした。「仕事にもどれ！　さあ、早く！　家はひとりでには建たんぞ！」

ファリンは父親が仕事にもどっていくのを見送り、車のほうへ歩いていったが、角を曲がったところで立ちどまった。

車のトランクがあいている。アーマドがちょうど中から食料品の詰《つ》まった箱をとりだし、アフガニスタン人のひとりに手渡《てわた》すところだった。

だれもが動きをとめた。

ファリンは一瞬《いっしゅん》にして事態をのみこんだ。アーマドはお金を持っていないはず。だから、箱の中の食品はファリンの家の食料置き場のものにちがいない。それを持ちだすのを母親がゆるしたとも思えない。

ここにも、もうひとつの秘密があったってわけだ。

「手伝おうか？」とファリンは声をかけた。

だが、手伝う必要はなかった。アフガニスタン人たちは食品の箱を抱《かか》えて、そそくさと現場に消えていった。アーマドはふたたびしゃちこばって車のドアをあけた。ファリンが乗りこむと、すぐに車は走りだした。

これは意外な展開になってきた。もちろん、アーマドの秘密は守ってやらなくちゃ。食料置き場から食料を盗《ぬす》みだす手伝いをしてもいい。だって、いっぱいあるんだから。戦争のせいで食料も何もかも足りなくなっているのに、両親はいくらでも金をだして、闇市《やみいち》でほしいものをほしいだけ買うことができる。

だが、せっかくアーマドの弱みをつかんだのだ。有効に使わない手はない。これを使って取り引きできることが、何かないだろうか？

「あんたの秘密は、だれにもいわないから」とファリンはアーマドにいった。

アーマドは何もいわない。

ファリンがその約束をもう一度繰《く》り返したとき、車がスピードを落とした。

「道の先に人が集まっていて、通れそうにありません。ここでUターンできるかどうか……」

ファリンは首を伸《の》ばしたが、少年たちが大勢集まっているのが見えただけだ。

「あたし、降りて、何があったのか見てくる」

「だめです！　絶対に降りちゃいけません！　危険です！」

そのときはもう、ファリンは車のドアをあけていた。

「すぐもどるから」

車から降りると、スカーフを深くかぶりなおして、髪《かみ》の毛がはみだしていないか調べた。

あたしだって、バカじゃないんだから。

ファリンは人だかりのほうへ歩いていった。心臓が激しく打つ。初めてだ。たったひとりで行動するなんて。もちろんアーマドはいるが、使用人だから数に入らない。

これは、たいした日になりそうだ！

うしろを見なくとも、アーマドがちゃんとうしろからついてきて目をくばっていることはわかっている。主人の娘《むすめ》が殺されたりさらわれたりしたら、クビになることまちがいなしだもの！

チャドルを着た女が何人かかたまって、道のはしに立っていた。ファリンは伝統的なあいさつを交わしたが、少年たちの大声にかき消された。

通りは少年であふれかえっていた。ほとんどの子がファリンくらいの年齢《ねんれい》だが、少し大きい子も混じっている。みんな頭に殉教《じゅんきょう》の意気込《いきご》みを示す赤い鉢巻《はちま》きをしている。

「革命のために、喜んで死ぬぞ！」

一台の車からぶらさがった拡声器で、聖職者がスローガンをさけんだ。

「革命のために、喜んで死ぬぞ！」少年たちが繰《く》り返してさけぶ。

「敵に死を！」

「敵に死を！」

「イラクに死を！」

「イラクに死を！」

「アメリカに死を！」

「アメリカに死を！」

「われわれは、天国で英雄《えいゆう》となるんだ！」

「われわれは、天国で英雄《えいゆう》となるんだ！」

ファリンは少年たちの声を聞くまいとした。ここでもまた、バシジが集会をやっているのだ。バシジは、ホメイニ師の命令で集められた有志の準《じゅん》軍事組織で、少年たちを鼓舞《こぶ》してイラン・イラク戦争の前線に送りだしている。テヘランでも見たことがあるから、珍《めずら》しくはない。こうやってひとりで通りを出歩いていることのほうが、ファリンにとってはよっぽどワクワクすることだった。

「集会のたんびに、集まる子たちがどんどん若くなるね」と見ていた女のひとりがいった。

すると、すぐ、別の女がその発言をとがめた。

「何いってるんだい？　それって、批判してるみたいじゃないか。あんた、政府に盾《たて》つくの？　イランがイラクに占領《せんりょう》されて、サダム・フセイン(※)の支配をうけたほうがいいっていうのかい？」

「あたしのいいたいのはね、この二、三年で天国の住人の声がずいぶんかん高くなってるってこと。あたしのふたりの息子は、もう天国に召されちまったよ。きょうは末の息子が、この集会に参加してるってわけさ」

「ちょっと、あんた、あの男、あんたをつけてるんじゃないの？」と、突然《とつぜん》、別の女がファリンに話しかけてきた。女が指差したほうには、車から降りてきたアーマドがいて、じっとファリンのほうを見つめている。

(※) サダム・フセイン（一九三七―二〇〇六）……当時のイラク大統領。イラン革命後の一九八〇年、イランに軍を進めてイラン・イラク戦争を始める。

「そうだよ、あんたをつけてんだよ！　革命防衛隊に知らせて逮捕《たいほ》させるからね」

「やめて！　あの人、あたしといっしょにきたの。変な人じゃない」

「それ、どういうこと？　あんたといっしょにきた？　あの男はアフガニスタン人だろ？　あんたの兄さんでもおじさんでも父親でもないじゃないか。だったら、だれさ？」

親戚《しんせき》ではない男性と外出することは、未婚《みこん》の女性にとって大変な罪になる。ファリンは思わず、じわじわとあとずさりしながら考えた。アーマドのことを使用人だといったほうがいいのだろうか？　それとも余計に悪い結果になる？

その女にこたえる代わりに、ファリンは大急ぎで車にもどった。アーマドもすぐについてきて、ふたりはあわてて車に乗りこんだ。

「早くここから出て！」

Uターンするには道が狭《せま》すぎる。アーマドは、まるでハリウッド映画のカーチェイスのように歩道に車を乗り上げ、むりやりUターンした。さっきの女たちは、驚《おどろ》いて車のほうを見ていたが、革命防衛隊を呼びに走っていった。

ファリンがいわずとも、アーマドは猛《もう》スピードで車を走らせた。ファリンは何度もふりかえってたしかめたが、だいじょうぶ、だれも追ってこない。

「これからも、放課後、町で車を降りて店を見てまわったりすると思うけど、そのときは、車の中にいるようにしてね」とファリンはいった。

アーマドは考えているらしく、しばらく答えはなかった。

そのあとのアーマドの返事は、ファリンの予想どおりのものだった。

「わかりました、ファリンさん」

ファリンは満足して、ドサッと座席にもたれた。

これで、取り引き完了《かんりょう》。

4

パーティーが始まってるな。

玄関《げんかん》に並んだ靴《くつ》から、すでにお客が何人もきていることがわかった。靴《くつ》はみな母さんの女友だちのもの。夫たちはきっとあとから来るのだろう。イラクが夜の空爆《くうばく》を始めるまでに、この家は、強い酒で酔《よ》っぱらってこの世の終わりをおもしろおかしく祝う人々でいっぱいになるのだ。

「お母さまが待ってらっしゃいますよ」

ファリンが玄関《げんかん》に入るなり、アダがそう伝えた。

「どのくらい怒《おこ》ってる？」

それにこたえる代わりに、アダはファリンにたずねた。

「どのくらい遅《おそ》くなってます？」

「お父さんのせいだっていおう」

「それはいいかもしれませんね」

アダは、ファリンが物心ついてからずうっとこの家の家政婦をやっているから、ファリンよりたくさんの夫婦げんかを目撃《もくげき》していることになる。

ファリンは台所へ向かった。そこから奥《おく》の部屋がのぞけるので、こっそり母親のようすをうかがうことができる。

ファリンの家は、表側に正式な居間があって、父親は仕事仲間とその部屋で会うことにしていた。堂々たる格式ばった家具が部屋を囲んでいて、壁《かべ》にはアヤトラ・ホメイニ師の写真の額がいくつもかけられ、ここの家族が革命に賛同している雰囲気《ふんいき》を演出している。

台所はその奥《おく》だ。厚くて重い防音扉《ぼうおんとびら》を押《お》しあけると、中では料理長とほかの使用人たちがてんてこまいでパーティーの料理を準備していた。

奥《おく》の部屋に食べ物をわたすカウンターの窓は閉まっているが、奥《おく》からはわらい声やお茶のグラスのカチャカチャという音が聞こえてくる。

ファリンにはわかっている。そのうち、このわらい声に音楽が加わり、お茶はアルコールにかわるのだ。

イラクのサダム・フセインがテヘランの空爆《くうばく》を始めて以来、両親と友人たちは、ほとんど毎晩のようにパーティーを開いていた。あの家からこの家へと順繰《じゅんぐ》りに場所を移し、空爆《くうばく》が激しくなればなるほど、人々は大酒を飲んだ。

ファリンはパーティーにやってくるおとなたちがきらいだったが、それでもパーティーがうちで開かれるほうがましだった。両親はファリンが家で留守番するのをゆるさず、かならずパーティーにつれていく。よその家で、パーティーのあいだじゅう隠《かく》れている場所を見つけるなんて不可能だ。どこにいても、おとなたちはファリンのやってることに首をつっこんでくる。

「何読んでるの？」

「何書いてるんだい？　宿題？　あすの朝、まだ生きてられるかわかりゃしないのに！」

「パーティーはあっちの部屋よ。なぜこんなところにひとりですわってるの？」

自分のうちが会場なら、客につかまらないようにするのもずっと簡単だ。その場にいなければ、ファリンのことを思いだす者などだれもいない。コツは、だれにも気づかれずに二階に上がることだ。

母親と友人たちのパーティーなんかにつきあってたら、夕方の時間はおじゃんだ。でも、母親が待っているのに顔をださなかったりしたら、それこそ大目玉。

ファリンは、みすみす夕方を台無しにするより、大目玉を選んだ。皿に、パンや果物、チーズ、クッキーなどを少しずつとると、台所から二階の自分の部屋へと階段を上った。

革命後、ファリンの家族は引っ越《こ》しを繰《く》り返し、この家は五軒《けん》目。父親が家を借りる費用を節約するために、自分の建設会社が建てた完成間近の家に家族を住まわせているからだ。そうすれば、新しい家に新たに警備員を雇《やと》う必要もないというわけだ。

今までで一番豪華《ごうか》なこの家に越《こ》してきたとたん、母親は宣言した。

「もう引っ越《こ》しはたくさん！　ここを動きませんからね！　今までわたしが提供してきた金《きん》は、この家くらいの価値はあるわ。この家にずっと住みます」

それ以来、母親が次々に改築を要求するので、熟練の労働者が父親の仕事をすることができなくなった。そこで、今までの家同様、この家もたくさんの夫婦げんかを目撃《もくげき》することとなった。ファリンは、そんなゴタゴタにはできるだけ関わらないようにしていた。関わっても、いいことはひとつもないからだ。

自分の部屋のドアをあけ、中に入ってドアを閉める。なんてほっとする瞬間《しゅんかん》だろう！

ファリンは、大きな声でひとりごとをいった。

「閉じられた空間！　これが一番よ」とくに、いろんなことのあった一日の終わりには。

ファリンの部屋は、まったくファリンの好みではなかった。母親が、アメリカの婦人雑誌に載《の》っていた写真どおりに内装をアレンジさせたのだ。

「あなたはまだ、好みをどうこういえる年齢《ねんれい》じゃありません！」

母親は、ファリンが壁紙《かべがみ》の色やカーテンに文句をいうと、すぐさまピシャリとそういった。部屋は雑誌の写真そのままだ。七、八歳《さい》の女の子の部屋じゃあるまいし、ピンクとレモン色だらけなんて！　本棚《ほんだな》には本といっしょに、母親が趣味《しゅみ》で集めた世界各国の人形が並べられているが、ファリンはさわったこともない。本はペルシャ語と英語のがあって、種類もさまざま。英語の本を扱《あつか》っていた書店は革命後に閉店してしまったので、英語の本は個人の蔵書を売っている露店《ろてん》で買ったものだった。

ファリンは、このピンクとレモン色の部屋に足を踏《ふ》み入れるたび、自分の部屋だというのに、いつもちょっぴり気おくれする。ここは母親が望んでいる理想の子どもの部屋。そこへ無断で入りこんでいるような気持ちになるのだ。

「でも、少なくともここにはドアがある。閉じこもれるってのが肝心《かんじん》なことよ」と、そのたびに自分にいいきかせるのだった。

マントをぬいで壁《かべ》に引っかけ、重い通学バッグをベッドの上に放りだし、食べ物を入れた皿を机の上に置く。安楽椅子《いす》に倒《たお》れこむ前に、本棚《ほんだな》からビデオを一本とり、プレーヤーに差しこんだ。「ナイト・ストーカー」の冒頭《ぼうとう》の音楽は、ストレス一日分にちょうどいい解毒剤《げどくざい》だ。

始まろうとしているビデオは何度も見たお気に入りの一巻で、ロサンゼルスに吸血鬼《きゅうけつき》が現われる話。コピーを繰《く》り返したせいでぼやけてしまった映像に見入るうち、ファリンはようやく体と心がほぐれていくのを感じた。

革命後のテヘランでは、ビデオや音楽、雑誌や本に関する政府の方針は行き当たりばったりだった。退廃的《たいはいてき》だとか不道徳だという理由で多くが禁止されたが、金のある人々は手に入れることができた。父親が、どんな人物と接触《せっしょく》して禁止されている物を手に入れ、それを革命防衛隊に密告されるのをどうやって防いでいるのか、ファリンにはよくわからない。わかっているのは、ときどき黒いアタッシュケースを持った男が家にやってきて、禁止されている物を置いていくということだ。もしファリンが幽霊《ゆうれい》の出てくる本やこわいビデオなどを父親に頼《たの》めば、あのアタッシュケースの男がきっと持ってきてくれるだろう。

ざらざらした画面に目がつかれたので、ファリンは本棚《ほんだな》に目を移した。そこには、大好きなエドガー・アラン・ポーの幻想《げんそう》的な怪奇《かいき》小説や、ドラキュラ、フランケンシュタイン、アメリカの怪奇《かいき》小説集が並んでいる。

ファリンは、自分の書いた悪霊《あくりょう》の話をコブラ校長に読まれてしまったのが、しゃくにさわってしかたがなかった。あんなタイプの女性が、悪霊《あくりょう》について何を知ってるというんだろう？　そもそも小説なんか読んだことあるんだろうか？　夜、夢を見たことさえないんじゃない？　あの校長はいつもいかめしい顔をして、いいかたもとげとげしい。どうせ校長の想像力なんて、どんな拷問《ごうもん》が生徒たちに効果があるか想像するくらいが関の山よ！

ファリンは、きょう、いなかで見た少年たちのデモを思い出した。すると、たちまち小説のアイデアが浮《う》かんだ。戦場にイランの悪霊《あくりょう》が現われ……。そうだ、これだ！　急いでバッグからノートをとりだす。うーん、どんなふうに書こう？　とにかく、このアイデアは出色《しゅっしょく》だ。それはたしか。でも、まだ頭の端《はし》っこに引っかかったままだ。もうちょっと待てば、そのアイデアをちゃんと生かせるストーリーを思いつくにちがいない。

そのとき、突然《とつぜん》、部屋に押《お》し入ってきたのは、ほかならぬ母親だった。

母親は背が高く、とても人目を引く女性だ。ハリウッドの女優か皇室の親族にでもなれそうな若々しさと優雅《ゆうが》さがある。きっときょうも、シルクの服に真珠《しんじゅ》のネックレス、ハイヒールをはいて髪《かみ》を高く結い上げて、というような格好なんだろう。ファリンはそう思いながら、ノブが壁《かべ》にめりこむほど激しくあけられたドアの音にも動じず、まだ自分のノートだけを見つめていた。

「百姓《ひゃくしょう》のようなまねしかできないのね」

「あ、お母さん。何かあった？」

「アダから聞いたはずよ、帰ったらすぐわたしのところへ来るようにって」

「え？　聞いてないよ」

「アダは伝えたっていってるわ。わたしはアダのほうを信じます。アダとはあなたより長いつきあいですからね」

「ズバリいうんだね」

「ええ、悪い？　それより、なぜ帰りが遅《おそ》くなったの？　ファリン！　わたしが話してるときは、ちゃんとこっちを見なさい！」

ファリンはやっとノートから顔を上げて、母親を見た。

「お父さんの建築現場に行ったんだよ。建設業のことを知りたかったから」

「なんのために？　あなたがはたらくわけないでしょ？　とにかく、すぐ下りてきて。お客さまがあなたのピアノをききたいって」

「いそがしいの。宿題やってるんだから」

「じゃあ、見せて」

母親がノートをとろうとしたので、ファリンはノートをしっかり胸に抱《だ》いた。

「やっぱりね。そんな時間のむだばかりやって。さ、さっさと下りてきてちょうだい。愛想よくするのをわすれないでよ。パーティーなんですからね」

「パーティーするなんて、はずかしいことだと思うよ。きのうの夜も空襲《くうしゅう》でいっぱい人が死んだし、今夜だって死ぬかもしれないのに。お母さんたちのパーティー、まるでポーの小説の『赤死《せきし》病《びょう》の仮面』だよ。飲んだり食べたり大騒《おおさわ》ぎして死神を城からしめだしたつもりでも、死神はちゃーんと入ってくるんだから」

「また、なんでそこまでオーバーに考えなきゃならないの？　革命で、わたしたちずいぶんたくさんのものを失ったのよ。たまにちょっぴりでも楽しいことがなかったら、生きていく意味がないでしょ？」

「お母さんたちのパーティーが楽しいとは思えない。ほかのイラン人があんなに困ってるっていうのに、不謹慎《ふきんしん》だよ。あたしは下りていかないからね。あたしのピアノなしで世の終わりを迎《むか》えて！」

母親は、もはや効果がないと知りつつ、大げさなため息をついてみせた。

「ファリン、あなたが今までやってもらったことを考えれば、悲しみと恐怖《きょうふ》にとらわれている隣《りん》人《じん》たちにちょっぴりピアノを弾《ひ》いて母親を喜ばせるくらいのこと、してもいいと思うけど！　でも、わかったわ。あなたはわたしたちのような軽々しい生きかたはしないってわけね。全世界の苦悩《くのう》を感じながら生きていくのね。その生きかた、尊重するわ」

母親はまっすぐ部屋を横切り、食べ物の入った皿をさっととった。

「こんなぜいたくなものでおなかがいっぱいになってないほうが、いっそう他人の苦しみがわかるでしょ」

そういうなり、バタンとドアを閉めて行ってしまった。

ファリンはドアにノートを投げつけたが、母親はとっくに階下に降りていて聞こえなかっただろう。もっとも、聞こえたところでなんてことはない。この家ではだれもが腹立ちまぎれに物を投げたり乱暴にドアを閉めたりしているから、その程度の音などバックミュージックみたいなものだ。

「あした、アーマドの車で雑貨屋に行って、スナック菓子《がし》でも買ってこよう。それより、うちの食料置き場から盗《ぬす》むほうがいいかも。ついでに、アーマドと仲間のアフガニスタン人のために、食料を車いっぱい積みこんでやろう」とファリンは大きな声でひとりごとをいった。

カッカしていたせいで、そのあとの二、三時間は空腹を感じずにすんだ。「ナイト・ストーカー」のビデオを見て、悪霊《あくりょう》の話のつづきも書いた。宿題もちょっぴりやった。階下では、客が次々にやってきてパーティーも本格的な騒《さわ》ぎになっている。

とうとうおなかがすいてたまらなくなったので、ファリンは一《いち》か八《ばち》かやってみることにした。どうせ母親はパーティーの客をもてなすのに夢中で、自分に娘《むすめ》がいることすらわすれているにきまっているのだ。

ファリンは、ほんのすきまほどドアをあけた。廊下《ろうか》にはだれもいない。そうっと階段を下りて、だれもいない表側の居間を通り台所に入った。使用人の若い女たちが皿を洗っている。古株のアダとちがって、若い使用人たちはまだこの家に雇《やと》われて間がない。彼女《かのじょ》らの名前すら母親は知らないのではなかろうか？

だが、ファリンは知っている。

「ザーラ、食べ物残ってない？」と使用人のひとりにたずねた。

「ひと皿つくってさしあげましょう」

「上品に盛らないで、ただ、ガバッと入れてくればいいよ。お母さんと競争してるんだから。

あたしの部屋に早くもどったほうが勝ちなんだ」

ザーラは盛り皿をとると、パンやローストチキン、ヤギの乳のチーズや果物を山盛りにした。ファリンがふたつきの入れ物の菓子《かし》に手を伸《の》ばしたそのとき、突然《とつぜん》ガシッと肩《かた》をつかまれた。

「イラン人の苦悩《くのう》を感じてる？」と母親の声。

そのとき、母親の友人が台所に入ってきた。「あーら、かわいいお嬢《じょう》さんはここにいたの！ファリン、お母さまがあなたのピアノの腕前《うでまえ》を自慢《じまん》してたわよ。お願い、わたしたちに何か弾《ひ》いてくれない？」

「もちろん、弾《ひ》きますとも。お客さまに弾《ひ》いて聞かせるの、大すきだものね。そうでしょ？」

母親の、鷲《わし》のかぎ爪《づめ》のような指に首根っこをつかまれたまま、ファリンは奥《おく》の客間に向かった。

ドアをあけると、最初に迎《むか》えたのはイランの元国王の大きな写真。そのまわりにタバコの濃《こ》い煙《けむり》が雲のように漂《ただよ》い、パーティーを神秘的な、何か秘教の儀式《ぎしき》のような雰囲気《ふんいき》にしていた。つぎに目に入ったのはアルコールをしまってある飾《かざ》り戸棚《とだな》だ。ふだんは鍵《かぎ》がかかっているが、きょうはあけはなされていて、さまざまなアルコールのビンがそこここのテーブルに所狭《ところせま》しとのっている。ステレオから流れる強烈《きょうれつ》なリズムのロックンロールに合わせて、母親の友人たちが踊《おど》っている。

「まず、この音楽やめさせて」とファリンは小声でいった。

母親はステレオをとめると、フォークでワイングラスをたたいていった。

「みなさん！　ちょっとご注目くださる？　今から紹介《しょうかい》するのは、といっても、もうご存知よね。では、娘《むすめ》のファリンのピアノをお聞きください。ファリン、ピアノの椅子《いす》をきれいにして、すわって。さあお願いだから、しかめっ面はやめて」

ピアノの椅子《いす》には、空っぽのグラスや満杯《まんぱい》の灰皿がすきまなく置かれている。それらをひと思いに床《ゆか》に払《はら》い落としたい衝動《しょうどう》をかろうじて抑《おさ》え、ファリンはひとつひとつ注意深く床《ゆか》に置きなおした。それから、ピアノの前にすわった。

「ご覧のとおり、娘《むすめ》は色が黒くてお猿《さる》さんみたいに見えますけど、それはわたしが砂漠《さばく》の民と結婚《けっこん》した報い。できれば、みっともない顔には目をつぶって、ピアノの音だけに耳を傾《かたむ》けてくださいますように。ファリン、ぼんやりすわってないで、演奏を始めて。じょうずに弾《ひ》いてね。わたしをうそつきにしないでよ」

ファリンは、自分をかばって何かいってくれるのではないかと、父親のほうへ目をやった。だが、父親はアルコールを飲むのにいそがしそうだ。どっちにしろ、父親が妻に反対することなどめったにない。

さあ、何を弾《ひ》こう？

最初ファリンは、子どもっぽい簡単な曲をうんとへたくそに弾《ひ》いて母親に恥《はじ》をかかせようかと考えた。でも、そのあと、このパーティーの目的を考えてみた。そして、エドガー・アラン・ポーの小説「赤死病の仮面」に思い当たった。人々がパーティーを開いて赤死病から逃《のが》れようと悪あがきをする話だ。ファリンの指がひとりでに鍵盤《けんばん》の上を走りだした。

パーティーがとまった。飲み食いはおろか、だれも身動きさえしない。ざわめきもグラスの鳴る音もやんだ。ここのおとなたちに思い知らせてやる。最初、ファリンはけんか腰《ごし》になって鍵盤《けんばん》をたたいていたが、すぐに音楽の情感の中へとりこまれていった。

さっき皮肉のつもりで吐《は》いた校長のことば——自分が倫理的《りんりてき》に勝っていることを示したいがために、うけ売りして吐《は》いた校長のことばが、今あらためてはっきりとした意味と深さをもってファリンに迫《せま》ってきた。昨夜も人々が死んだ。今夜はもっと亡くなるだろう。サダム・フセインと、アヤトラ・ホメイニと、それに加担するすべての軍隊が、「戦いは終わった。家に帰って休もう」と宣言しないかぎり。

爆弾《ばくだん》は降りつづける。少年たちは戦場へかり立てられる。寡婦《かふ》は泣き、家々はつぶされ、墓地への長い悲しみの列がつづく……。これらすべての情景と感情とが、ファリンの演奏の中に奔流《ほんりゅう》となって流れこんだ。このパーティーやおとなたちの日常を支配していたやけっぱちの陽気さがはがれ落ち、代わりに戦争の圧倒的《あっとうてき》な悲惨《ひさん》が押《お》し寄せ、部屋を満たした。

曲は終わった。が、鍵盤《けんばん》の上に漂《ただよ》う最後の音が、亡霊《ぼうれい》のように人々の心にのしかかっていた。

この沈黙《ちんもく》を、ファリンの母親が打ち砕《くだ》いた。身をかがめてファリンの耳に注ぎこむ罵《のの》りのことばが、シンとした部屋の中にはっきりとひびいた。

「これは楽しいパーティーなのよ。おまえって子は、それがわからないほど愚《おろ》か……」

母親の罵声《ばせい》を爆音《ばくおん》がかき消した。

最初の爆弾《ばくだん》が落ちたあとに、やっと警報のサイレンが鳴りだした。空爆《くうばく》の震動《しんどう》でテーブルの上のウィスキーグラスは倒《たお》れたが、窓ガラスが割れるほど近くはない。

「みんな、食料貯蔵室へ！」

ファリンの父親が先頭に立ち、大きく手をふって、家の中央につくられた小さな部屋へと客を導いた。その部屋の屋根は補強されていて、中には棚《たな》も並んでいるので、空爆《くうばく》のさいは防空壕《ぼうくうごう》になるのだ。

停電になった。真っ暗な中で、人々は椅子《いす》を押《お》し倒《たお》したりぶつかりあったりしながら、手探りで貯蔵室まで歩いた。ファリンも人波に押《お》されて動いていった。だれがだれやらわからない。

その夜、サダム・フセインとその友軍はなかなか好調のようだった。爆撃機《ばくげきき》が次々にとんできて爆弾《ばくだん》を落としつづけた。貯蔵室に入るまでに、ファリンは四つの大きな爆発音《ばくはつおん》を聞いた。みんなが貯蔵室に入ってから、やっと父親が懐中電灯と電池を見つけた。

ファリンは粉ミルクが入っているプラスチックの大きな箱の上に腰《こし》かけた。だれかがタバコに火をつけると、たちまちだれもかれもがタバコを吸い始めた。すぐに狭《せま》い貯蔵室は煙《けむり》でいっぱいになり、ファリンは咳《せき》が出たが、だれも気にしないようすだ。

「みなさん、タバコは遠慮《えんりょ》願います」と父親がいったので、ファリンはひそかに父親に感謝した。

「こんなときにタバコを吸わずに、どうやってやりすごすの？」母親の声だ。「だれか、入口のドアをちょっとだけあけてくださらない？　そうすれば、新鮮《しんせん》な空気が入ってくるわ。まさか、気をきかしてボルドーワインを持ちこんでくれた人は、いないわよね」

ファリンはとっさに母親を憎《にく》んだが、考えてみれば、母親の態度はもっともなものなのかもしれない。空爆《くうばく》の最中にほかに何をすればいいだろう？　泣く？　祈《いの》る？　すわりこんでおそろしさに震《ふる》えてる？　そんなことは今まで何度となくやったが、爆弾《ばくだん》はかまわず降りつづけた。母親のいうとおり、何事もなかったようにふだんどおりのことをするのが一番なのだろう。

空爆《くうばく》は長いあいだつづいた。ファリンの父親と母親は暗闇《くらやみ》の中でファリンをさぐりあて、両側にすわってファリンの体に腕《うで》をまわした。自分たちの骨と肉とが、すべてを破壊《はかい》しつくそうと血眼《まなこ》になっている敵の兵器から娘《むすめ》を守りきれるかのように。

夜が更《ふ》け空爆《くうばく》が激しさを増すにつれ、日常を装う試みもつづかなくなった。家は揺《ゆ》すぶられ、貯蔵室の中にまで外の悲鳴がもれ聞こえてくる。

「わたしたち、ほんとに今夜死ぬのかも」とだれかがいった。

「ファリン、だいじょうぶか?」と父親がささやいた。

ファリンはこたえなかった。いうことなんか、ある? 今はただ空爆《くうばく》が終わるのを願うだけ。自分の部屋にもどって「ナイト・ストーカー」のつづきを見ながら、母親への不満をつぶやいていたいだけだ。

ファリンはまわりの暗闇《くらやみ》を押《お》し返そうと目をつむった。そして、何か、なんでもいいから、この酔《よ》っ払《ぱら》ったおとなたちとタバコの煙《けむり》でいっぱいの狭苦《せまくる》しい場所から、どこか生命と未来のあるところへとつれ出してくれるものを思い浮《う》かべようとした。悪霊《あくりょう》の話のつづきを考え、そして、その話がハリウッド映画になったとき、どれほどの名声と富が手に入るかを想像しようとした。

だが、どれもうまくいかなかった。

ただ、たったひとつ、ファリンを落ち着かせ、明るい気持ちにしてくれたものがあった。

それは、思いもかけなかったもの。
ファリンの心の奥深《おく》くからくっきりと浮《う》かび上がってきた、サディーラの顔だった。

5

ファリンは、平静を装った。

次の朝、校庭で国旗掲揚《けいよう》が行われているあいだ、ファリンは遠くの列を見ているふりをしながら、ひそかにサディーラを見つめていた。でも、いったいなんのために見つめているんだろう？　サディーラがいなくならないように？　サディーラが国歌の歌詞をわすれたとき教えてやれるように？

やめなさいよ、見つめるのは！　そう自分自身にいいつづけたが、どうしてもやめることができない。

「ファリン、前にきな」とパーゴルが命じた。朝礼の指揮をとるのは級長のパーゴルの役目だ。

そして、もちろん、パーゴルはファリンが注意散漫《さんまん》になっているのに気づいたのだ。

ファリンは、思いきり反抗的《はんこうてき》な態度をとってやろうとがんばったが、結局は、おどおどと地面を見たり、空やほかの生徒に目を向けたり、とにかくサディーラを見ないようにするのが精いっぱいだった。もし、サディーラがあたしをあざわらっていたらどうしよう？　いや、ひょっとして、サディーラがあたしのことをすっかりわすれていたら……？

パーゴルが、朝の慣例の「革命とアヤトラ・ホメイニ師のために、一生懸命《けんめい》勉強しよう」の演説をするあいだ、ファリンはそのそばに立たされた。わけのわからない革命用語を使うとなると、とたんにパーゴルは冗舌《じょうぜつ》になる。革命用語をたくさん使えば使うほど、自分がりっぱに見えると思っているのだ。ファリンからすれば、ますます退屈《たいくつ》な人物に見えるだけの話なのだが。

「こんなことして、なんの得になると思ってるんだろう？」パーゴルが帝国《ていこく》主義者やイラクとの戦いについて同じことを繰《く》り返し演説しているのを聞きながら、ファリンはつぶやいた。「パーゴルは絶対、国の指導者にはなれない。せいぜい指導者と結婚《けっこん》するのがいいとこね」

ファリンは年とったパーゴルを想像してみた。相変わらずふきげんな険しい顔つきで、イランの指導者のうしろに立ってるパーゴル。かわいそうに、夫は国民に向けてテレビで演説するたびに、うしろからパーゴルにつつかれて文法の誤りを訂正《ていせい》されたり、背中が曲がっていると注意されたりするのだ。

そんな想像をするうち、ファリンは吹《ふ》きだしそうになって、あわてて咳《せき》をしてごまかした。口に手を当てながら思わずサディーラに目をやると、同じようにいたずらっぽく顔を輝《かがや》かせてこちらを見ている。

あたしのことを覚えてる！

全身の血が頭に上り、心臓が狂《くる》ったように打ち出した。

勇ましいパーゴルの演説が、ようやく勢いを失い終わりを迎《むか》えると、今度は、この学校の首席で、学校代表をつとめるラビアの番となった。ファリンはラビアに注目した。この物静かな長身の少女は、頭がよく、だれにでも親切で、この学校のすべての女生徒の手本とされることによって力を持っていた。パーゴルが、いじわるで、人におそれられることをなんとも思わないことによって力を持っているのとは、対照的だ。

ラビアは、きょう開催《かいさい》される母と娘《むすめ》のお茶会について簡単に述べ、給仕とあと片づけをしてくれる生徒を募《つの》った。ファリンの母親はこんな学校行事にはけっして参加しないから、名乗り出る必要はない。

コブラ校長が国旗掲揚台《けいようだい》のほうへ歩み出て、パーゴルとファリンとラビアに列にもどるよう指示した。

「このようなニュースをみなさんに伝えねばならないのは、校長として最もつらいことです。昨夜の空襲《くうしゅう》で、この学校の生徒がまたひとり亡くなりました。ゾーレイ・バクシールです。中等科の二年生、数学が得意で、花を描《か》くのが大すきな生徒でした。彼女《かのじょ》の死を悼《いた》み、ご家族の無念を思って、しばし黙《もく》とうをささげましょう」

学校全体が静まった。

敷地《しきち》を囲む高い塀《へい》の向こうから、テヘランの通りのにぎわいが聞こえてくる。物売りの呼び声、タクシーのクラクション、野良犬のほえる声……。赤ん坊《ぼう》の泣き声がして、母親が声高にしかる声が聞こえる。「早く立って！　その服、洗ったばっかりなのに！」塀《へい》の外では、きのうまでと同じように暮らしが営まれている。塀《へい》の内側で、少女たちは静かに失われた命に思いをはせていた。

亡くなった生徒のための黙《もく》とうは、これが初めてではない。二度目でもない。三度目でも。ファリンは数えるもいやだった。

それに加え、生徒の家族のための黙《もく》とうも数え切れないほどあった。パーゴルの兄弟のため、ほかの生徒の父親、叔父《おじ》、兄弟のため……。

イラン人がまだ死に絶えていないのが、不思議なくらいだ。

そのとき、うしろのほうの生徒が大きなゲップをした。もちろんわざとやったことではないだろうが、わらわれてもしかたがない。ファリンは一生懸命《けんめい》わらいをかみ殺したが、こらえきれない下級生がクスクスわらい声をもらしている。

朝礼は解散した。

いつものように、勉強と作業で午前中が終わった。ファリンが給食の列に並んでいると、サディーラがトレーを持ってとなりに立った。

「ひとりで楽しんでたのね」とサディーラが話しかけた。

「なんのこと?」

「今朝の朝礼よ。パーゴルのスピーチのとき、あなた、わらいをこらえてたでしょ? それって、人にいえないようなこと? それとも、わたしには教えてくれるの?」

ファリンは、トレーにごはんとヒヨコマメのシチューをのせると、ジュースの列のほうへ移動していった。

「パーゴルがイランの首相と結婚《けっこん》したらって、想像してただけ。首相が演説するうしろから、いってることをいちいち訂正《ていせい》したりするとかね」

「もし女性がイランの首相になるとしたら、パーゴルか、パーゴルみたいな気性の人じゃないかしら」

「パーゴルがすきみたいね」

「すごいなって思うことと、すきだと思うことはちがうわ」サディーラのことばは、いちいちもっともだ。「パーゴルは大胆不敵《だいたんふてき》、しかも、いばり屋。相手が男だって、いうことを聞かせられるんじゃない？　いつかほんとに首相になるかもよ。イランの歴史に強い女性はいっぱい出てくるわ」

「パーゴルが首相になるとしても、政敵を全部殺しちゃうからだよ」

ファリンのことばに、サディーラが軽やかにわらった。

ファリンはトレーを持ったまま食堂を見まわして、すわる席をさがした。

「友だちをさがしてるの？　いつもその人たちと食べるんでしょ？」とサディーラが聞く。

「友だち？　いないよ」とファリンはいったが、こんなあからさまないいかたをしたことをすぐに後悔《こうかい》した。

でも、サディーラはパーゴルの大胆《だいたん》さを評価してたんじゃなかった？

そこで、ファリンはさらにいった。

「うちの母親、あたしに友だちをつくってほしくないんだ。なんていうか、家族を守りたいんだよ」

「あなたのお母さん、きょうお見えになってるの？」

ファリンは思わずわらった。あの母親が来るわけがない。

ファリンは空いているテーブルを見つけていった。

「あの窓ぎわの席にすわろうか？」

ふたりはいっしょのテーブルにすわり、校庭で遊んでいる下級生の女の子たちをまどから見ながら、昼食をたべた。ファリンにはわかっていた。ほかの生徒たちが自分たちふたりをじろじろ見ていること。今までファリンがだれかと昼食を食べたことは一度もない。空いてるテーブルがないとき以外、だれかと同じテーブルにすわったこともない。それに、やむを得ずファリンと同席した女の子たちも、ファリンと食事をともにするというより、ちょうど野良猫《のらねこ》の群れが、一匹の迷い猫がそばで何か食べるのをほんの少しのあいだ大目に見ているといったふうだったのだ。

食事のあいだ、ファリンは、自分の動作のいちいちが気になってしかたがなかった。フォークの持ちかたはこれでよかった？　歯にニンジンのかけらがくっついてるんじゃない？　ジュースをぶちまけてしまったらどうしよう？　この新しい友だちにバカにされるかもしれない。しかし、ひとたびサディーラと話を始めると、ファリンは自分のことなどすっかりわすれてしまった。サディーラの食べかた、わらいかたに目が吸いつけられ、この昼食の時間が永遠につづけばいいとさえ願った。

「あら、あそこの女の子たち、泣いてる？」サディーラが、すべり台のそばにうずくまっている数人の下級生を見つけていった。

「たぶんね。あの子たち、ゾーレイのクラスだから。ほら、昨夜、空襲《くうしゅう》で亡くなった子」

「行ってみましょ」

ふたりはトレーをキッチンのカウンターにもどすと、外に出た。それから昼休みが終わりになるまで、サディーラは、泣いていた下級生と話したり、抱《だ》きしめてやったり、なぐさめたりした。下級生たちはただちにサディーラに心を開いたが、ファリンには疑わしげな眼を向けた。それはそうだろう。これまで、ファリンはだれからも好かれていないと聞かされていたのだから。

だが、昼休みの終わりのベルが鳴るころには、いつのまにかファリンも女の子たちの会話の輪の中に入っていた。女の子のひとりのゆるんだお下げを編みなおすことさえ、させてもらえた。

「あたしたち、ああやって、よかったよね。あの子たちを元気にすることで、サダム・フセインとの小さな戦いに勝ったような気がする」とファリンは声をはずませた。

だが、幾何《きか》の授業中、サダム・フセインは反撃《はんげき》をしかけてきた。空襲警報《くうしゅうけいほう》が町じゅう鳴りひびいた。

「みんな、すぐ教室から出て。訓練どおりに」パーゴルやほかの級長が、落ち着いた口調で生徒を誘導《ゆうどう》した。すぐに全校生徒が体育館に集まった。体育館が校舎の一番奥《おく》にあるので、最も安全だという判断だ。生徒たちはクラスごとに集められ授業が再開されたが、そのあいだも、爆撃機《ばくげきき》は上空から学校のすぐ近くに何発も爆弾《ばくだん》を投下した。爆発音《ばくはつおん》とともに地ひびきが伝わってきた。

やがて空爆《くうばく》は終わり、市内に空襲《くうしゅう》警報解除のサイレンが鳴った。だが、コブラ校長は授業を打ち切って、すぐさま下校の指示をだした。

「上級生は下級生を送りとどけるように。下級生は、家族が迎《むか》えにきていない場合は、上級生に家まで送ってくれるように頼《たの》むこと。市の南部からきている下級生は、ここに残りなさい。タクシーを手配します」

サディーラは、下級生を家まで送りとどける生徒たちの列に並んでいる。ファリンもサディーラのそばに並んだ。

「いっしょに行こう。下級生を送ったあと、ひとりで帰るより、ふたりのほうが安全だし」

ファリンとサディーラは、三年生と四年生の姉妹を家の玄関《げんかん》口まで送っていき、母親に学校が早く引けた理由を説明した。

母親は、ふたりの娘《むすめ》をしっかりと抱《だ》いていった。

「もう学校へはやらない。サダムの空襲《くうしゅう》をうけるんなら、ここでいっしょにやられたほうがましだよ」

すると、サディーラが母親にいった。

「失礼ですが、お母さま、それはまちがってると思います。サダム・フセインこそ、娘《むすめ》さんたちが学校に行くべき理由なんです。今までこの世界は、あまりにも長く男たちの手で牛耳られてきました。その結果がこのありさまです」

母親はうなずいた。

「そうね、男たちがやることといえば戦争ばっかり。ほかのやりかただって習ってきたろうに、全部わすれてるんだよ」

「そうなんです。だから、今度は教育をうけた女性たちが、男たちから世界を奪いとらなきゃならないんです。お母さま、今後、もし学校にいるときに警戒警報が鳴ったら、娘《むすめ》さんたちの面倒《めんどう》は私が見ます。それで、お母さまが少しでも安心なさるのなら、わたしが娘《むすめ》さんをできるかぎり危険から守るようにします。だって、わたしたち、勇気を持って未来のことを考えなければなりませんから」

これを聞いて、ふたりの姉妹は目を輝《かがや》かせた。今まで学校では、上級生が下級生を無視するのが当たり前になっていた。下級生も、自分たちは取るに足らないから無視されるのが当然と思わされていた。もし自分たちを守ってくれる上級生がいるとなれば、クラスメートにどんなに鼻が高いだろう。姉妹は、すぐさま母親に学校をつづけさせてくれるようその場で頼《たの》みこみ、母親も納得した。

姉妹の家から少し歩いたところで、ファリンはサディーラにいった。

「よけいな仕事、引きうけちゃったね。あの子たちが、あなたにあんまり世話をかけないといいけど」

サディーラはわらった。

「わたしたちのこと、よっぽどすごいみたいに思ってるから、面倒《めんどう》なんか起こさないわよ」

「わたしたち」といういいかたが、ファリンはうれしかった。サディーラは、当然ふたりでいっしょにその仕事をすると思ってくれているのだろうか。

ふたりは、また学校へ向かった。サディーラはバスに乗るため、ファリンは迎《むか》えの車を待つため。そのとき、何台ものバイクのエンジン音が聞こえてきたので、ふたりは足をとめた。

「死のギャングだ。どこへ行くのか見に行こう」

いうなり、ファリンはまわれ右して、音のするほうへ向かった。

「え？　何って？」

「あたしが名前をつけたんだよ、死のギャングって。バイクに乗ってるアメリカのギャングみたいだから。ねえ、『ワイルドバンチ』って映画、観たことある？」

サディーラが首をふった。ファリンははっとした。しゃべりすぎた！「ワイルドバンチ」は、アヤトラ・ホメイニ師がとうていゆるしそうもないアメリカ映画だ。ファリンはあわてて話題をもどした。

「行こうよ。ギャングたち、すぐそこにいるみたい」

ファリンはそういってさっさと先に行った。サディーラがついてきてくれることをひたすら願って。

サディーラはついてきた。ふたりが角を曲がり、空爆《くうばく》でやられた家の前に来ると、家は、バイクに乗った黒装束の革命防衛隊にとりかこまれていた。

防衛隊の男たちは、破壊《はかい》された家を片づけている人々を押《お》しのけ、見物人に向かって立つと、どなるように演説を始めた。

「サダムの爆撃機《ばくげきき》は追っ払《ぱら》った！　サダムの上に死の雨が降っているぞ！　きょう、われわれは、サダムとイラクを亡き者にする。あすは、イスラエルとアメリカと反革命勢力を粉砕《ふんさい》する。やつらは、逃《に》げだした国王を呼びもどし、同胞《どうほう》のイラン人を刑務所《けいむしょ》にぶちこもうとしている。サダムに死を！　アメリカに死を！　サダムに死を！　アメリカに死を！」

革命防衛隊は、スローガンを大声でさけびつづけながら、見物人たちもいっしょにさけぶようながした。

だが、人々はさけばなかった。

スローガンをがなりたてる防衛隊は、今まで何度も見てきた。黒装束に赤の鉢巻《はちま》きすがたで大型バイクに乗り、空爆《くうばく》で破壊《はかい》された家に押《お》し寄せてくると、激しく群衆をあおって戦意高揚《こうよう》のスローガンをさけばせる。

「嘆《なげ》くより怒《いか》れ！」「泣くよりさけべ！」「星に願うのは子どものすることだ！　われわれは敵と戦うぞ！」「サダムに死を！　アメリカに死を！」

防衛隊がそうさけぶと、群衆はいつもそれに合わせてスローガンを繰《く》り返した。

「サダムに死を！」だって、サダムが空爆《くうばく》を命令しているから。

「アメリカに死を！」なぜなら、サダムに爆弾《ばくだん》をあたえているのはアメリカだから。

だが、きょうはだれも応じない。

破壊《はかい》された家のまわりに集まった人々は、ただだまってつったっている。両手をわきにダラリとたらし、肩《かた》を落として。だれひとり声を上げる者はいない。だれひとり。ひとことも。

ファリンは息をのんだ。

革命防衛隊は武器を持っているのだ。しかも、興奮している。群衆に向けてさっと銃《じゅう》を構えると、もう一度さけんだ。

「サダムに死を！　アメリカに死を！」

だれも応じない。

恐怖《きょうふ》の張りついた顔で、サディーラがファリンの腕《うで》をギュッとつかみ、祈るようにささやいた。

「どうか撃《う》たないで」

今にも引き金が引かれると思った瞬間《しゅんかん》、防衛隊は銃《じゅう》を下した。

それから、二、三度、空に向かってこぶしをつきあげスローガンをさけぶと、バイクにまたがり、轟音《ごうおん》とともに走り去った。

群衆は喜ぶでもなく、だまってまた瓦礫《がれき》のあと片づけにとりかかった。

サディーラが手伝い始めたので、ファリンも加わった。

ひとりの老婦人がファリンたちに話しかけた。

「家の者はちょうど出かけてたらしいけど、三人が亡くなったよ」そういって、毛布をかけられてわきに横たえられている亡骸《なきがら》に目をやった。「だから、この家の者たちが帰ってきたとき、せめて寝る場所があるように、片づけてあげるのさ」

ファリンとサディーラは、瓦礫《がれき》や石をどかしては、わきへ集めた。だれかがトラックでやってきて、亡骸《なきがら》を荷台に積んだ。

だれもが押《お》しだまったままはたらいた。話すことなど何もなかった。

ファリンは新しい友人とともにはたらいた。つねに、必要とされる場所で必要なことをする友人だった。

6

軽やかな音で満ちた午後だった。

ティースプーンがティーカップにふれて、チリンチリンと鳴っている。

銀製のティーポットはカップに紅茶を注ぐたび、快い水音をひびかせた。

ファリンの指は、ピアノの鍵盤《けんばん》の上を軽やかに走り、心地よいクラッシックの小曲を奏でていた。

すべてが明るく軽く、平凡《へいぼん》でつまらなかった。

毎月第一月曜になると、ファリンの母親は茶会を催《もよお》す。称《しょう》して、「国王を呼びもどす教養ある女性のための茶会」。会は、ファリンが思いだすかぎり一度も休むことなく毎月開催《かいさい》されていて、国王を熱烈《ねつれつ》に支持する女性たちが、母親のいうところの「進展」を知る機会となっていた。

「最近、ある『進展』がありました」が、茶会での母親の第一声だ。そして、この一か月の間に起こった期待の持てそうな事柄《ことがら》を数え上げる。

ファリンは、茶会ではいつも給仕をさせられた。革命直後、ファリンがまだ幼かったころは、パーティードレスを着てアーモンドクッキーの皿を持ってまわるのが仕事だった。女性客は、ファリンをひとしきり大げさにほめたりなでたりすると、そのあとは完全に無視し、真顔になって国王一族のその後の情報を交換《こうかん》した。

もとの国王、モハンマド・レザー・パフラヴィーは、一九八〇年、亡命中に死去した。ファリンはその何年ものちにそのことを知って、とても驚《おどろ》いた。パーティーの行なわれる奥《おく》の部屋の正面に掲げられた写真の国王は、イランの山々や岩壁《かべ》のように堅固で不滅のものとしてファリンの家に君臨していたからだ。

「国王は、あの革命のあとすぐ亡くなったの。あなたにもいったはずよ。ちゃんと聞いてなかったんでしょ」

「じゃあ、どうやって国王を呼びもどすの？　死んでるのに」

ファリンはふと、ゾンビとなった国王が両腕《りょううで》を前につきだして宮殿《きゅうでん》をさまよい歩き、死肉をあさるさまを思い浮《う》かべた。

「皇太子に新しい国王になっていただくんです。皇太子だけが、今この国を乗っ取っている下層階級から、わたしたちを救いだしてくれるのよ」

客たちがお茶を飲んでいるあいだ軽いピアノ曲を空しく弾《ひ》きながら、ファリンは何年も前のその会話を思いだしていた。そうだ、ゾンビになった国王を、怪奇《かいき》小説に使えないだろうか。それとも、夏の別荘《べっそう》で狼《おおかみ》に噛《か》まれた国王が、満月の夜に狼男《おおかみおとこ》になって現われる？　いや、国王自身を吸血鬼《きゅうけつき》にするほうがもっとおもしろい。昼間は暗いところに隠《かく》れてて、夜になったら国民の血をもとめて町に現われる……。

考えるうち、ファリンはだんだん興奮してきた。吸血鬼《きゅうけつき》や狼男《おおかみおとこ》やゾンビは、イランに昔からいた悪霊《あくりょう》ではない。でも、そんな悪霊《あくりょう》がイランにいないとはいいきれない。グールやジンみたいな悪霊《あくりょう》はイランにいろいろいたわけだから、吸血鬼《きゅうけつき》だっているかもしれないではないか？

ファリンはますますおもしろくなってきた。ピアノのタッチは知らず知らず強くなっていき、弾《ひ》く曲も、羽毛のように軽い旋律《せんりつ》から、軍隊行進曲のような力強いものになった。

客たちは、驚《おどろ》いた顔を上げてファリンを見た。母親はあからさまに不愉快《ゆかい》な顔をしている。

ファリンはあやまらなかったが、もとの軽いタッチの曲にもどした。

「そろそろ始めましょう」と母親があらたまって呼びかけた。母親は会長なのだ。会長職はもちまわりだが、いつも一番力を持っているのは母親だった。

会が始まると、音楽はやめることになっている。

母親が話し始めようとしたとき、ノックの音がひびき、アダが部屋に入ってきた。

「すみません、奥《おく》さま。お電話がかかってきたものですから」

「用件を聞いといてちょうだい。会が始まるところなのよ」

「いえ、お電話は、ファリンさんになんです」

ファリンは驚《おどろ》いた。自分に電話なんて、初めてだ。親類からの電話に出てあいさつさせられることはあるが、今までだれも自分に電話をかけてきたことはない。

「いったいだれ？」と母親が聞いた。まるで、電話の主は犯罪者か大バカ者にきまってるとでもいうような口調だ。

「わかんない」とファリンはこたえた。

「学校のかただそうです。サディーラさんとおっしゃって、宿題のことについて聞きたいんだそうです」とアダがいった。

「早く行って。すぐもどるのよ。秘書が頭痛でまいってるから、ちょっと手伝ってもらいたいの」

このバカバカしい集まりの秘書代わりをさせられるとは！　だが、電話に有頂天になっていたファリンはなんとも思わなかった。それでも、廊下《ろうか》に走り出るようなまねはせず、まるで友人からの電話なんか日常茶飯事だといわんばかりに、落ち着き払《はら》って部屋を出た。みょうに勘《かん》ぐられて、あとで母親にあれこれ質問されるのだけは避《さ》けたい。

「もしもし」

「ファリン？　サディーラよ」

胸が高鳴るのをおさえて、ファリンはそっけなくこたえた。

「ああ、何？」。

「おじゃまだった？」とサディーラ。

しまった。そっけなくしすぎた。

「とんでもない。それどころか、とってもいいタイミング。母のやってる会合から、ぬけだせたから」

そういってしまって、ファリンはまた後悔《こうかい》した。会合なんていいかたは、母親が最も警戒《けいかい》しているものだ。

「ていうか、母は会合なんていってるけど、友だちを集めてお茶会みたいなことをしてるだけ。

月に一度のただのおしゃべりの会だよ。それで、あたしはお菓子《かし》なんかくばるのを手伝わされるわけ」

「女性だけの会合？　おもしろそうね。そのうち、わたしも行って手伝ってもいいかしら」

ファリンは、母親のくだらない会合にサディーラをつれてきたらどうなるだろうと考えてみた。母親の反応が見てみたいものだ。こんなこと今まで考えたこともなかったが、サディーラといっしょなら、どんなことになっても平気な気がする。

「そうしてくれたら、うれしいよ！　でも、うちの母親って、なんていうか、ちょっと変わってるから」

「親って、ほんとにやっかいよね。でも、母が生きてたら、あなたのこと、きっと気に入ると思うわ。あなたも、母のこと、すきになってくれると思う」

「ファリン！　早く！」母親が廊下《ろうか》に顔をつきだした。「宿題のことを話すだけで、何時間かかってるの？」

「すぐ行く」とファリンはこたえると、よそよそしい声で受話器に向かって話し始めた。「宿題は、植物の部分を読んで、イラン固有の植物をひとつ調べて、スケッチすること」

母親が首を引っこめたので、ファリンはほっとした。

「もう行かなきゃならないの？」とサディーラが聞いた。

「そろそろね。行かないと、母が、きっとまた何かいってくると思う」

「かまってくれる人がいるって、うらやましいわ」

「そうかも。そう思えないときもあるけどね。あなたのお父さんは、あなたのこと、かまわないの？」

「父は、ものすごく落ちこんじゃってるの。今は、以前ほどじゃないけど。でも、まだ昔の父にはもどってないわ。父は、わたしが正しいことをしてるって信頼《しんらい》してくれてるの。それはそれでうれしいけど、でも、たまには、わたしが学校でだれと話してるかとか、宿題はやったのかとか、聞いてくれたらって思うわ」

ファリンは、サディーラになんといえばいいのかわからなかった。

「じゃあ、またあした。学校でね」とサディーラがいった。

「じゃあね」とファリンはいってから、思いだした。「それはそうと、宿題について、あたしに質問があるんじゃなかった？」

耳もとでサディーラがわらった。ファリンは、まるでふたりきりで同じ部屋にいるような気持ちがした。

「あなたの声が聞きたかっただけ」サディーラはそういって、電話を切った。

ファリンは、雲の上でも歩いているような足どりで、母親の茶会にもどった。腰《こし》かけて、ノートとペンを手にとった。

母親が客に話している。

「……トロントにいるある女性から、こんなすばらしい手紙がきました。彼女《かのじょ》は、わたしたちが王制をとりもどすための闘《たたか》いをぜひつづけるべきだといっています。彼女《かのじょ》は、カナダの国王でもあるエリザベス女王について何度も言及《げんきゅう》していますから、わたしたちがエリザベス女王にイランを統治してほしがっていると思っているようです。しかし、考えてみれば、あのひげを生やしたアヤトラより、エリザベス女王のほうが何倍も洗練された統治者だといえないでしょうか？ 彼《かの》女《じょ》の手紙を読んでみますと……」

会合はこんな調子でダラダラとつづいた。

ファリンは従順にノートをとった。最近は、母親に協力的になろうと思っている。おだやかな毎日を送るには、反抗《はんこう》せず、できるだけ目立たないようにしているほうがいいとわかったのだ。

会が終わり、母親はファリンに記録をバインダーに綴《と》じておくようにいった。ファリンは自分の書いたものをチラッと見ると、くしゃくしゃに丸めた。そして、さらにかたく丸めながら母親にいった。

「ペンがこわれてて、インクのしみがいっぱいついたんだよ。注意してたんだけど」

それから、急いでドアへ向かいながらいった。

「もう一度きれいに書きなおすから！」

階段を上がるファリンのうしろから、母親の小言が追いかけてくる。ファリンは自分の部屋に入るなりドアを閉め、母親の声をしめだした、それから、ベッドの真ん中に腰《こし》を下ろした。

震《ふる》える手で、丸めた紙を開く。

しわくちゃの紙の上に、大文字で、小文字で、ペルシャ文字で、アルファベットで、さらに、三日月の先端《せんたん》からしたたる絵のような文字で、ファリンが無数に書き綴《つづ》っていたのは、ひとつの名前。

「サディーラ」だった。

7

「暁《あかつき》の星がともに歌い、神のすべての息子たちが喜びにあふれて歌いだす」

ファリンは、サディーラから、その父親のハジ・ナディールに目を移した。それから、運転手のアーマドへ、そして、サディーラの家に招かれたもうひとりの客、ラビ・サイードへ。

サディーラの父親は、静かな声でおだやかに、なだめるような調子で話す人だった。かなりの年配で、長いひげをたくわえ、目はつねにほほえんでいる。伝統的な服を着て、頭には聖職者としてのターバンを巻いている。先人のことばを朗誦《ろうしょう》したときは、視線を壁《かべ》の上方に定め、まるで精霊《せいれい》にでも話しかけているようだった。それが終わると、かすかにほほえんで、みんなの顔を見まわしたが、最後にファリンに目をとめた。

ファリンは、何か感想をいうべきだとは思ったが、なんといえばいいのか、まるで見当がつかなかった。

母親のゆるしをもらって、このサディーラの家を訪れたのだが、それは父親が母親を説得してくれたおかげだった。

「友だちを持つのは、すばらしいことだよ。おれたちの娘《むすめ》が、そんな友人に恵《めぐ》まれようというのに、親がじゃまをすることはないじゃないか」

だが、母親は反論した。

「その転校生のことも家族のことも、わたしたち、なんにも知らないのよ。革命防衛隊のスパイ組織と関係があるかもしれないじゃないの。わたしたちの活動全体を丸ごと台無しにするおそれだってあるわ」

「活動全体を丸ごと」などといっても、たかがお茶を飲んで、元国王の古い写真を見るくらいのものではないか。ファリンはそう思ったが、自分では何もいわず、母親といいあうのは父親にまかせた。

「何も、サディーラをここに招待する必要はない。ファリンがサディーラの家に行けばいいんだ」

それを聞いてファリンはとまどった。友人の家を訪ねれば、おかえしに招待するものだ。そのときは、どうするんだろう？　まあ、それは、あとで考えればいいことだ。

アーマドが、金曜日の放課後、ふたりの少女を乗せてサディーラの家まで送るよう母親に仰《おお》せつかった。そこでの夕食がすんだらファリンをつれて帰ってくる。そして、その訪問中に起こったことをすべて報告するようにというのだ。

これまでファリンは、アーマドがこっそり家の食料をトラック何台分もアフガニスタン人の労働者たちに流すのを手伝ってきた。だから、きっとアーマドはファリンの不利になるような報告はしないだろうと、ファリンは踏《ふ》んでいた。

サディーラの父親は、ファリンとアーマドを温かく迎《むか》え入れ、家の中の一番いい席にすわらせた。

「わたしは車の中で待ちます」とアーマドはいったが、サディーラの父親は聞き入れなかった。

「入ってくだされ、兄弟。神の目から見れば、われわれはみな同じ。どうかわたしどもの客になって、すきなだけ長くくつろいでくださるという名誉《めいよ》をあたえていただけまいか」

ファリンはサディーラといっしょに、お茶とアーモンド菓子《がし》の支度をした。そして、今、みなで小さい客間の壁《かべ》を背に、車座にすわっているのだ。

驚《おどろ》くほど簡素な部屋だった。装飾《そうしょく》といえるものはふたつきり。アヤトラ・ホメイニ師と聖地メッカの写真だけだ。けばけばしい色がまったくないので、少しも目がつかれない。

この感じをどう表せばいいんだろう？　自由？　そうだ、解放感だ。こんな部屋にいると、心もゆったりと休まる。

自分の部屋も模様替《もようが》えしよう、とファリンは思った。インテリアはクッションだけにして、この部屋みたいに簡素に心地よく。

午後も遅《おそ》くなるまで、みなでお茶を飲んだ。サディーラの父親が娘《むすめ》たちに学校の勉強についてたずね、おとなたちが、自分たちの学生時代のちょっとしたできごとをしゃべりあった。気がつけば、いつのまにかファリンはくつろいで、この集まりを楽しんでいた。

そして始まったのが、この奇妙《きみょう》な朗誦《ろうしょう》「暁《あかつき》の星……」だった。何かいわなければとファリンはあせったが、何も思いつかない。おかしなことをいってサディーラの前で恥《はじ》をかくのもいやだ。

見かねたのか、ラビ・サイードが口を開いた。

「ヨブ記の38章7節ですな。では、これは？　『涙《なみだ》は夕暮れとともに来る。だが、朝になれば、喜びがやってくる』」

サディーラがこたえた。

「詩編のことばです、どの章かはわかりませんけど。でも、ラビ、ひとつまちがっていらっしゃると思います。正しくは、『涙《なみだ》は夕暮れになってもとどまる』ではないでしょうか？」

するとか、父親がいった。

「娘《むすめ》が合っています、ラビ。正しいことばは、『とどまる』です」

「まちがいをみとめます」とほほえみながらラビはいって、軽く頭を下げた。

今度はサディーラの番だ。

「自分の罪を滅《ほろ》ぼした者、疑いをなくした者、自制できる者、すべての生き物のためにつくそうとする者を、神はつねにお喜びになる」

これには、父親もラビも頭を悩《なや》ませた。

答えを知っていたのはアーマドだった。

「バガバッド・ギーターの一節ですね。わたしは、難民としてインドに二、三年いたんです。そのあとはパキスタンへ行き、今はイランで難民生活です。インドでは、ヒンドゥー教の聖典を勉強しました。もちろん、ほんのわずかですが」

「聖典の勉強ですから、わずかしかできないのは当然ですよ。一生勉強にささげても、最後の日までに理解できるのは、ほんのわずかなのです」とラビがいった。

じゃあ、そんなことして何になるの？とファリンは聞きたかったが、もちろん口にはださなかった。

「それでも勉強するのは、神の無限の善に少しでも近づくためです」とサディーラの父親がファリンの心の声にこたえるようにいった。「アーマド君、われわれが知るべきことばを何か提供してくれますか？」

アーマドは少し考えてから、いった。

「沈黙《ちんもく》と性格のよさ、このふたつに勝るものはない」

「それ、ハディースの中のことばよ」ファリンは思わずそういってから、自分でも驚《おどろ》いた。学校の宗教の授業に習ったことが、頭のどこかに引っかかっていたらしい。

とうとうファリンの番になった。口なんか開かなければよかった。頭に浮《う》かんでくるのは、「ナイト・ストーカー」の中のことばや、エルビス・プレスリーの歌詞ばかり。そんなもの、この場の雰囲気《ふんいき》にはとても合いそうにない。

やっと、ひとつだけ思いついた。コブラ校長が生徒の前でよく引用する旧約聖書の箴言《しんげん》からの一節だ。

「愚《おろ》か者でも、だまっていれば賢《かしこ》く見える。口はつぐんで、良識を見せなさい」

場が静まった。ファリンは、みんなの気分を害してしまったのではないかとあわてたが、次の瞬間《しゅんかん》、みながどっとわらいだした。ラビが、このことばが箴言《しんげん》からのものであることをいいあてた。

サディーラの父親がいった。

「ラビ・サイードとわたしは、子どものころから、この遊びをしているのだよ。わたしもラビも、父親とこの遊びをし、父親たちも、子どものころ父親とやったそうだ」

ラビ・サイードがつづけた。

「この伝統が、われわれの家族のあいだでつづくといいですな。あなたのよきご子息たちは亡くなってしまわれた。わたしの子どもらは、イスラエルに行ってしまった。しかし、あなたのお嬢《じょう》さんは教養ある女性になって、あなたにとっての祝福となられるだろう。きっと、この遊びもつづけてくれますよ」

「おそらく、ファリンさんもこの遊びをやってくれるでしょう。そうすれば、この遊びは母親から娘《むすめ》へと幾世代《いくせだい》もつづいていくでしょうよ」

ファリンはサディーラを手伝ってお茶のカップを集め、小さな台所へと運んだ。おとなたちはまだ話をつづけている。

台所でサディーラがいった。

「きょうは、父さん、今までよりずっと調子がいいわ。きっと、あなたのこと気に入ったからだと思う。それに、わたしが幸せそうなのが、うれしいのね」

サディーラの家は、テヘラン南部の、小さな家やアパートが広がっている地区の一角にあった。通りは狭《せま》くて、人や自転車かバイクくらいしか通れないので、アーマドは車を少し離《はな》れた道路にとめた。

サディーラとファリンは、野菜を洗ったり切ったりして夕食の用意をした。家も小さいが、コンロも小さく、火口はふたつ。オーブンもなければ、冷蔵庫もない。電灯さえなくて、小さな窓から差しこむ光が頼《たよ》りだ。

「この家には、電灯はないの？」

「わたしの部屋にひとつあるだけ。わたしが勉強できるように」

ファリンは驚《おどろ》いた。そんな家、聞いたことがない。

「じゃあ、ほかの部屋では電気は使えないの？　でも、それじゃ、夜はどうするの？」テレビのことが頭に浮《う》かんだが、それもこの家にはなさそうだ。

「石油ランプがあるわ。去年までは、夜は外に出て、少し先の街灯のあるところで勉強してたのよ。この辺りには勉強熱心な女生徒が何人かいて、わたしたち、いっしょに街灯の下にすわって勉強してたの。でも、そのうち、近所の男の子たちが、自分たちのほうが街灯を使う権利があるっていいだして。それで、しかたなく、父がわたしの部屋に電気を引いてくれたわけ」

「街灯で勉強？」

「この辺じゃあ、よくあることよ。でも、あんまり明るくないから、字が読みづらくて、頭が痛くなっちゃうの」

サディーラが手ぎわよく夕食のしたくをするのを見ながら、ファリンは一生懸命《けんめい》まねようとした。だが、手も思うように動かないし、包丁もうまく使えない。ファリンの家では、いつも使用人が台所仕事をするので、ファリンは料理のほんの簡単なことすらやったことがなかったのだ。でも、サディーラを手伝うのは楽しかった。

料理の下ごしらえがすむと、サディーラはファリンを自分の部屋へつれていった。といっても、この家にあるのは、さっきの客間とその部屋きりだ。

「父は、寝《ね》るのも勉強するのも、わたしたちがさっきお茶を飲んだあの部屋。そして、わたしは、勉強するのも寝《ね》るのも、この部屋よ」

サディーラの部屋は、簡素なところは先ほどの客間とそっくりだが、少しは色彩《しきさい》があった。床《ゆか》に置かれたクッションは、明け方の澄《す》んだ空を思わせる上品な青緑色のカバーでくるまれている。小さな戸棚《とだな》があって、サディーラの持ち物がしまわれてるようだ。

「いいものを見せてあげましょうか？　ちょっとした秘密なのよ。といっても、最初に会った日から、もうわかってるとは思うけど」

「信用して。秘密は絶対もらさないから」

サディーラが戸棚《とだな》をあけると、何にはきちんとたたまれた服や本が棚《たな》ごとにきれいに並んでいた。ファリンは無性に自分の部屋を片づけたくなった。

サディーラが戸棚《とだな》からサントゥールをとりだし、床《ゆか》に置いた。布製の口をあけて、弦をたたく細いバチをだした。

「これ、母のサントゥールなの。母はすごくうまくてね、弾《ひ》きかたを教えてくれたのも、母よ。だから、今弾《ひ》いてると、母がそばにいるような気がするの。空襲《くうしゅう》でほとんどすべてのものを失ったけど、このサントゥールだけは無事だった。ほんのちょっと、ここに傷があるだけ。ね？」

そういって、サディーラは、サントゥールの角についている小さなへこみと傷を指で示した。

「今は、政府が楽器の演奏をゆるしてるわけじゃないのはわかってるけど、父は、その規制もいずれ変わるだろうと思ってる。静かに弾《ひ》きさえすれば、父も喜んで聞いてるわ。幸せだった日々を思いだすのね」

「あたしに何か弾《ひ》いてくれる?」

「ちょっと待って。その前に、あなたにいわなくちゃならない秘密がもうひとつあるの。父にもいってないことよ。わたし、イランの伝統音楽と今の音楽とを混ぜ合わせたの。ほら、トルコのラジオ局から流れてくるでしょ? ロックンロールとか、そんなの。あなた、ローリング・ストーンズって知ってる?」

ローリング・ストーンズなら、ファリンの両親がパーティーのときによくかけているから、もちろん知っている。

「今から弾《ひ》くのは、ローリング・ストーンズの『無情の世界』っていう曲の、わたしなりのアレンジよ」

サディーラは静かに弾《ひ》き始めた。美しい音色のイランの伝統楽器が奏でる力強いロックミュージックは、ファリンが今までできいたことのない刺激的《しげきてき》な曲となっていた。

「すごいよ! これ、ラジオで弾《ひ》いたら?! すごい人気になると思うよ」

「そうね、ふつうの人たちは気に入るかもしれないわね。政府は気に入らないでしょうけど。でも、いつかは演奏のチャンスが来るかもしれない。父はいうの。物事はつねに変化する。歴史を見ても、同じことが長くつづくことはないって」

「ねえ、今度はあたしがあなたに秘密を打ち明ける番。じつは、あたし、本を書いてるんだ。書き上げたら、その話を映画かテレビドラマにするつもり。そしたら、あなた、それに音楽つけてくれない？」

「それって、どんな本なの？」

「イラン人の少女が悪霊《あくりょう》と戦う話。ほら、墓をあばいて死人を食べるグールとか、炎《ほのお》からつくられた霊《れい》のジンとか、それに、ほかにも吸血鬼《きゅうけつき》とか、そんなふうな悪いやつとね」

「なぜ？」

「なぜって、何が？」ファリンは、サディーラがすぐにわかってくれなかったので、ちょっとがっかりした。「なぜあたしが本を書くのかってこと？」

「そうじゃなくて、どうしてその少女は悪霊《あくりょう》と戦うのかってことよ。その子は、自分も悪いことがしたいから、悪霊《あくりょう》たちの力をほしがるの？　それとも、この世界をもっと思いやりのある、よい場所にしようと思ってるの？」

ファリンはすぐにはこたえられなかった。そんなこと、考えたこともなかった。ただ、力を手に入れるということが気に入っていただけだ。だって、自分の無力をいつも思い知らされていたから。力を持ったら何をするかなんて……。でも、サディーラのいう、この世界をよりよいところにするっていうのは、なんだかおもしろそうだ。

「そうよ。その少女は、世の中をよくするために戦うの。だから、どっちかというと、学校代表のラビアね。パーゴルじゃなくて」

「わたしもいっしょにやっていい？」とサディーラが聞いた。

「あたしといっしょに物語をつくりたいの？」

「いいえ、わたしには、それだけの想像力はないわ。でも、わたし、あなたといっしょに悪霊《あくりょう》と戦いたい。ねえ、わたしをその本の中に入れてくれる？　その話を、悪霊《あくりょう》と戦うふたりの少女の話に変えられない？」

ファリンの頭が、突然《とつぜん》フル回転し始めた。

「ねえ、あたしたち、クラブを結成しようよ！」

そういいながら、ファリンはますます興奮してきた。これって、今まで読んだ本の中にもあった！　そう、友だちって、よくクラブをつくる。ちょうど母と国王びいきの仲間がお茶会をやるみたいに。ただし、サディーラとあたしのクラブは楽しくて役に立つクラブ。母たちのバカバカしいなんの役にも立たないクラブとはちがう。

「悪霊《あくりょう》ハンタークラブね！」とサディーラもすぐに賛成した。「でも、くだらない決まりも役員もなしよ。わたしたちは、行く先々で悪霊《あくりょう》をさがして、その場で始末するの」

「そして、そのことは秘密にする。あたしたちは世界を悪霊《あくりょう》から守ってるんだけど、それはだれも知らない。みんなはいつもの暮らしをつづけていて、自分たちが、まだ学校に通ってるふたりの美しい少女によっておそろしい死から救われているなんて、これっぽちも気づかない！」

「そして、あなたは、わたしたちの実際の冒険《ぼうけん》を本に書くのよ。物語らしくね。だから、だれも、それが本当の話だってことに気づかないの。ちょうど、シャーロック・ホームズの話を書いたワトソン氏みたいにね」

ファリンは驚《おどろ》いた。

「シャーロック・ホームズを知ってるの？　あなたのお父さん、そんな本読むの、ゆるしてくれるの？」

サディーラはわらっていった。

「父は学者だし、とっても信心深い人だから、神のことしか考えてないって思われるかもしれないわね。もちろん、父は神についていろいろ考えてるわ。以前母がいってたけど、昔の父は、厳格で心の狭《せま》い人だったんですって」

「それが、どうして変わったの？」

「国王によって刑務所《けいむしょ》に入れられたの。独房《どくぼう》に長いあいだ入れられたそうよ。独房《どくぼう》からだしてもらえるのは、秘密警察が拷問《ごうもん》するときだけ。父は、そこで、自分の頭と信仰《しんこう》だけを頼《たよ》りに、自分の心を徹底的《てっていてき》に見つめるしかなかった。そして父は結論したの。神は、人間に、自分で学び自分で考えるための知能をあたえてくださったって。だから、父は、わたしの考える力を信頼《しんらい》してくれてるわけなんだけど、でも、そもそも、わたしが何を読んでるかも知らないのよ。家族を失ったあと、父は長いこと悲しみにしずんでいた時期があって、そのあいだ、わたし、手あたり次第なんでも読んだ。さびしさを感じないですむってだけのためにね」

「もう二度と、さびしくなんてならないよ。さ、協定を結ぼう。これからあたしたちふたりは、イランの悪霊《あくりょう》ハンター少女クラブ!」

そう宣言するファリンの両手を、サディーラがギュッとにぎった。

にぎられたのは、ほんの一瞬《いっしゅん》。でも、ファリンは、両手が魔法《まほう》にかかって、何か不思議なエネルギーに満たされたような気がした。

ふたりはサディーラの部屋を出て、夕食をつくりに台所に行った。ファリンは友だちといっしょに料理するのが楽しくてたまらなかった。家に帰ったら、絶対に料理人からいろいろ習おう。そして、次のときにはサディーラを感心させるんだ。

台所ではたらいたり、おしゃべりしたりしながら、ファリンは客間にいる男たちの会話を耳にはさんだ。男たちは、アフガニスタンの戦乱、イラクとの戦争のことを話していた。アーマドも意見を述べている。アーマドが車の中にひとり残っていなくてよかったと、ファリンは思った。

ラビは、夕食が出来上がる前に、いとまごいをした。家で、ユダヤ教の安息日のための食事をとるためだ。

夕食後、ファリンとサディーラは、みんなといっしょにモスクに行き、女性のための場所で礼拝した。アーマドはもちろんほかの男性といっしょだ。

礼拝の後、男たちがあいさつや立ち話を終えてモスクから出てくるまで、サディーラとファリンは外で待っていた。サディーラが空を見上げていった。

「見て。こんなに明るい月、わたし初めて見たような気がするわ」

「ほんと。スポットライトみたいに、あたしたちを照らしてる」

本当に不思議だった。モスク前のこの広場は礼拝にきた人でいっぱいで、通りには車の騒音《そうおん》があふれている。それなのに、今、このテヘランには、自分とサディーラのふたりしかいないような気がするのだ。

サディーラもいった。

「あの月は、今、わたしたちだけを照らしてるのよ」それから、腕時計《うでどけい》を見た。「もうすぐ九時ね。もうひとつ、協定を結びましょう。毎晩九時に月をみること。そうすれば、わたしたち、どんなに離《はな》れてても、心はいっしょにいられるのよ」

「うん、九時の月を、毎晩ね」ファリンはかたく約束した。じっと立ったままでいたが、広場じゅうをぐるぐる踊《おど》ってまわりたいような気持ちだった。

そのとき、男たちが出てきて、ふたりのあいだの魔法《まほう》はとけた。

「楽しい一日だったようですね」アーマドが運転しながら、ファリンに話しかけた。

ファリンは、窓ガラス越《ご》しにテヘランの町がとびすぎるのをながめていた。

「最高。きょうは最高の一日だった」

そうアーマドにこたえながら、ファリンは本当はサディーラに語りかけていた。

車の窓から満月が見える。月はこうこうとテヘランの町を照らしている。

この同じ月を、サディーラも見ているのだ。

腕時計《うでどけい》を見た。針はちょうど九時を指していた。

ファリンは心の中でつぶやいた。

九時の月。
毎晩。
きっと。

ف 8

全校生徒が体育館に集まった。

全員が立っている。立たなければ入りきれないからだ。

このような全校集会はいつもは外で行われる。しかし、小さなテレビ画面を全校生徒が見るとなると、校庭ではむりだ。

電灯を暗くした体育館の中でも、画面はよく見えない。ファリンは、クラスごとにまっすぐ並んだ列の中にいた。横にはパーゴルがいかめしい顔で見張っている。サディーラは三人はさんだうしろにいた。

体育館の中は暑かった。生徒たちはしばらく前からこうして集まり、ホメイニ師の演説を待っていた。画面ではニュースキャスターが、師の準備が整うまでの時間を埋《う》めようと、さっきから同じようなことを繰《く》り返ししゃべっている。

下級生たちがざわざわし始めたころ、ようやくアヤトラ・ホメイニ師が画面に現われた。

「わたしは、悲痛な思いで、ここにイラクとの戦争の終結を宣言する。国民に告げる。イラクとの戦争は、ついに終結を迎《むか》えた」

体育館は静まりかえった。コブラ校長がテレビの音を大きくした。ホメイニ師の声も大きくなったが、雑音もひどくなった。

「この戦争で、われわれの兄弟姉妹が百万人以上亡くなった。さらに何百万人もが負傷し、そして何百万人もの同胞《どうほう》が家を失った。この戦争を始めたのはわれわれではない。われわれは戦争を望まなかった。戦争を始めたのはサダム・フセインであり、それを支えたのはアメリカだ。じつに、百万人のイラン人が命を落としたのである！　したがって、この悲惨《ひさん》な戦争が終結したこの日は、祝賀の日ではない。哀悼《あいとう》の日である」

テレビカメラが、今度は首相の顔を大写しにした。

「われわれは、休戦協定を完全に遵守《じゅんしゅ》する」

次に、イラン国会の報道官がさらにこう述べた。

「前線で、協定に違反《いはん》する行為《こうい》はけっしてあってはならない。神は、一発たりとも、勝手に弾丸《だんがん》を撃《う》つことをおゆるしにならない」

ふたたび、ホメイニ師が画面に現われた。

「戦争が終結して、イラン革命に敵がなくなったわけではない。われわれはこの国の中に、サダム・フセインと共謀《きょうぼう》した勢力、いまだにアメリカ人と共謀《きょうぼう》している勢力がいることを知っている。彼《かれ》らは、革命と、イランが擁護《ようご》するすべてのものに対する裏切り者である。今、わたしはそのような敵に対していいたい。われわれは今まで、わが国を破壊《はかい》しようとしていた帝国《ていこく》主義者と戦うのに忙殺《ぼうさつ》されていた。そのためにおまえたちが安心していたのだとしたら、認識を新たにするがよい。今、革命は一層堅固《けんこ》に、イランはますます強く、イランの人民は前にもまして団結をかためている。われわれは、国内の敵を一掃《いっそう》する。その結果、すべての人民は、だれがこの国の真の支配者であるかについて、みじんの疑いも抱《いだ》かなくなるであろう」

これを聞いて、ファリンはゾッとした。不安をふりはらおうと、必死で自分にいいきかせた。ホメイニ師が敵だといっているのは、師や革命の指導者たちのような大物をねらう反逆者のことだ。本気で陰謀《いんぼう》を企《くわだ》てている人たちのことだ。退屈した金持ちの奥《おく》さまがたをお茶会に招いている母親のような者のことではない。

だが、もし母親のような人たちも、ホメイニ師のいう革命の敵だとしたら？　母親は、いわゆる絵に描《か》いたような善人ではない。たしかに、母親は慈善《じぜん》事業に寄付したりもするが、それは他人が見ているときだけ。そのときでさえ、できるだけ少ない金額しか手放そうとしない。でも、だからといって、母親は悪い人間だ、ということになるのだろうか？　それとも、単に軽薄《けいはく》な人間にすぎない？　もちろん、軽薄《けいはく》だということはあまりほめられたことではない。でも、軽薄《けいはく》は犯罪ではない。もしホメイニ師が、イランじゅうの軽薄《けいはく》な人々を捕《つか》まえるとしたら、この国全体が大きな刑務所《けいむしょ》になってしまうだろう。

「いえ、イランに軽薄《けいはく》な人がたくさんいるといってるわけではありません」とファリンはあわてて心の中でいい直した。ひょっとして他人の心が読める人間がいて、「政府を批判している！」というかもしれないではないか。とにかく言いたいのは、母親はただ、アヤトラ・ホメイニ師よりもとの国王のほうがすきなだけだということ。でも、これって、国家に対する危険な行為《こうい》ってことになるの？　ファリンの頭の中で、こんな堂々めぐりがとまらなくなった。

ホメイニ師の演説が終わり、テレビの画面が暗くなると、コブラ校長は、ホメイニ師が言及《げんきゅう》しなかったことを補うように話しだした。

「みなさん、油断なく目を光らせて、疑わしい行為《こうい》はすぐに当局に報告するように……」

もう限界だ。極度の不安で冷たくなっていた体が、急に息苦しいほど暑くなった。そして、そのとたん、ファリンは失神して床《ゆか》の上に倒《たお》れた。

生徒たちの驚《おどろ》く声が、はるか遠くから聞こえる。まったく！　芝居《しばい》がかったことを……とパーゴルのあざわらう声……。突然《とつぜん》、首と手首に冷たい布がふれて、ファリンは目をあけた。かがんでのぞきこんでいるサディーラの心配そうな顔。そのうしろに、ニヤニヤわらって見下ろしているたくさんの顔があった。

パーゴルもその中にいたが、わらってはいなかった。

「あんたの兄弟が、何人、戦争の犠牲《ぎせい》になった？　父親だって生きてるよね？　家が爆撃《ばくげき》されたかい？　そんなこと何も起こっちゃいないだろ？　さっさと立ちな。こんな見苦しいことで注目を集めて、恥《はじ》を知りな！」

サディーラがファリンを抱《かか》え起こした。

「だいじょうぶ？」

ファリンはうなずいた。

「でも、どこか悪いんじゃないの？」

「あとで話す」とファリンは小声でいった。

生徒たちは並んだまま教室に帰った。先生たちは授業を早く切り上げて、生徒を帰した。

「あなたがたの中には、お墓参りをしなくちゃならない人も多いでしょう。終戦だといっても、通りに出てわらい騒《さわ》ぐような日ではありません。アヤトラ・ホメイニ師のことばを覚えていますね。きょうは、犠牲者《ぎせいしゃ》を悼《いた》む日なのです。みなさんが、しかるべきふるまいをしてくれることを信じています」

担任の先生はそういって、まっすぐファリンを見た。

ひどい。これじゃまるで、あたしがわざと倒《たお》れたみたいだ。

ファリンは、のろのろとカバンに教科書を詰《つ》めこんだ。パーゴルに盗《ぬす》み聞きされずにサディーラと話をするチャンスはないだろうか。しかし、パーゴルはそうはさせなかった。せせらわらいながら、ファリンとサディーラを見ると、あごで、サディーラに早く教室を出ていくよう命じた。

サディーラがファリンを見たので、ファリンは先に行ってくれるよう、うなずいた。

サディーラが出ていくのを待たずに、パーゴルはファリンにいった。

「やっと、お友だちを見つけたってわけだ。代償《だいしょう》を支払《しはら》う覚悟《かくご》が、そのお友だちにできてるといいけど」

サディーラが聞きつけて、いった。

「友情の代償《だいしょう》？　友情は、値段がつけられないほど高価よ」

パーゴルは、思いっきりバカにしたような顔をして、サディーラを見た。サディーラは、すばやくファリンにほほえみを送ると、教室を出ていった。

パーゴルは出入り口をふさいで、ファリンをださなかった。

「体育館じゃ、たいしたパフォーマンスだったじゃないか」

「パフォーマンスじゃない。気絶しただけ。暑さのせいで」おじけづくまいと、ファリンはぶっきらぼうに返事した。

そこで、やめておけばよかったものを、ついよけいなことまでいってしまった。

「気絶って、どんなものか知らないの？　もっとも、動物にはできないらしいけど」

パーゴルがぐっと迫《せま》ってきた。息がファリンの顔にかかった。

「わすれるんじゃないよ。おまえなんか、無だ。自分じゃ、たいした者に思ってんだろうけど。友だちもできた。悪霊《あくりょう》がなんとかっていうつまんない話も書いた。だけど、そんな幻想《げんそう》が自分を守ってくれると思ったら、大まちがいさ。おまえなんか、つぶそうと思えば、いつだってつぶせるんだ」

「思ったより背が低いんだね。あたしが伸《の》びたのかな。それとも、あんたがちぢんだの？」

ファリンの生意気なことばに、パーゴルはニヤリとわらっただけだった。

「虫も、踏《ふ》みつぶされるまでは、わめけるってわけだ。あがいてもむだ。おまえはもう先がない」

「ケ・セラ・セラ！　なるようになるまでよ」ファリンは、母親のすきな古いアメリカ映画の主題歌のリフレーンを借用すると、パーゴルを押《お》しのけ、サディーラを追って教室の外へ出ていった。

サディーラは校庭で待っていた。

「いったいなんだったの？」

「いつものこと。パーゴルは、何かすごい秘密でもにぎっているみたいなふりして、それで、権力を持ってるような気になるんだね」とファリンはこたえた。

「そうじゃなくて、体育館でのこと。何かあったの？」

打ち明けてしまいたかった。でも、サディーラにどううけとられるだろう？

「ちょっと歩こう。学校から離《はな》れたいから」とファリンはいった。

学校が早く引けるとはだれも思っていなかった。アーマドの車はもちろんまだ来ていない。サディーラの父親も娘が早く帰ることを知らないはずだ。思いがけず、ふたりに散歩の時間ができた。

どの通りにも、ホメイニ師の演説を聞いた人々が繰《く》りだしていた。ホメイニ師がいったとおり、歓喜《かんき》の声も祝賀ムードもない。ファリンには、この国全体が困惑《こんわく》しているように思えた。今までの戦争は、いったいなんのためだったのだろう?。

ファリンがそのことをいうと、サディーラはこうこたえた。

「もし、わたしたちが戦いに応じなければ、サダムがイランをのっとっていたはずだわ。だから、わたしたちは戦わないわけにはいかなかったのよ」

「あたしもそう思うけど、でも、あたしたち、何も得られなかったよね」

「父はこういうの。戦争によって得たものはかえさなければならない。なぜなら、暴力によって何かを得ることは盗《ぬす》みと同じだから」

ふたりはそのまま歩いて、丘《おか》の上の小さな公園にやってくると、ベンチに腰《こし》を下ろした。四方が開けて見晴らしがいい。丸めた紙が風に吹《ふ》かれてころがってきたので、ファリンは手を伸《の》ばした。開いてみると、それは、最近ときどき見かける女性の権利についてのチラシ、政府が違法《いほう》とするものだった。ファリンはしわを伸ばし、きれいにたたんでポケットに入れた。そんなことをしながら、話す勇気を奮い起こそうとしていた。

「あなたに話さなきゃならないことがあるんだけど、いっちゃうと、もう、あたしの友だちでいたくなくなるんじゃないかと思って」

「友だちでいたくなくなるようなこと？　そんなこと、ひとつも思いつかないわ」と、ただちにサディーラがいった。

「両親のこと、というか、ほとんど母のこと」そこまでいって、ファリンは口をつぐんだ。

「つづけて。だいじょうぶだから」とサディーラがはげました。

「念を押《お》すようだけど、これはあたしじゃなくて、母親のことだよ。もとの国王は、あなたのお父さんを刑務所《けいむしょ》に入れたよね。その国王を、母は支持してる。国王はもう死んでるのに。王制派なんだ」

「それだけ？　それがあなたの重大な秘密？」

「母は、国王を支持する女の人たちを集めて、王の親族を呼びもどそうとしてる」

「それって危険なことじゃない？　実際には、何をしてるの？」

「話してもいいけど……。知りたいんなら」

サディーラはちょっと考えているふうだった。ファリンから話を聞くということは、ファリンの秘密をもらさないと約束することだと、サディーラはわかったからだ。

サディーラが口を開いた。

「わたしに話してくれる前に、まず教えて。あなたのお母さんたちがやってることは、法に反することなの？」

どうなんだろう？　国王の写真を家の中に飾《かざ》ることって、違法《いほう》なんだろうか？　もちろん、今の政府に喜ばれるようなことじゃない。ただ、そのこと以外に、両親は家にアルコールを隠《かく》し持ってる。これはたしかに違法《いほう》だ。あのアタッシュケースの男が持ちこむビデオ類も明らかに違《い》法《ほう》だ。

「うん、両親は法をやぶってる。でも、そんな大それたことじゃないんだよ。ウィスキーとかワインを飲んだり、ビデオを見たりってくらい。あたしも部屋にビデオを持ってる。でも、アルコールは飲んでないよ。うーん、両親がやってる違法《いほう》なことって、そのふたつくらいだと思う。革命政府を倒《たお》そうなんてことは、何もやってない。そんなことをやる力なんて、あのふたりにはないから」

「わかったわ。じゃあ、話して」

「母は、女の人たちを集めてお茶会を開いてる。そして、みんなで王族を呼びもどすとかいうことをしゃべってる。でも、実際に何かやってるようには思えない。ただ、しゃべってるだけで」

「それで、その人たちがお茶を飲んでるあいだ、あなたは、何してるの？」

ファリンはちょっととまどったが、打ち明け始めたからにはもうとまろうにもとまれなかった。

「ピアノを弾《ひ》いたり、クッキーをくばったり」

「ああ、わたしが電話したとき、それ、やってたのね？」

ファリンはおとなしくうなずいた。

サディーラがさらにたずねた。

「あなた自身は、国王のこと、どう考えてるの？」

ファリンは肩《かた》をすくめた。

「考えるなんてこと、できたと思う？　物心ついてからずうっと、家では『国王はすばらしい』、学校では『革命はすばらしい』ってのを押《お》しつけられてきたんだよ。もう、おとなになるまでほっといてほしいよ。そうしたら、自分で考えるから」

「そうね、じゃあ、そうしましょうよ。親には親の考えがあって、わたしたち、それには責任ないわ。父はライ豆が大好物だけど、父の娘《むすめ》だからって、わたしまでライ豆ずきにならなきゃならないってわけないものね！」

真剣《しんけん》な話に不釣《ふつ》り合いなおかしなたとえ話に、ファリンは思わずわらってしまった。すると、サディーラもいっしょにわらいだした。

少年たちがぞろぞろと行進してきたのは、ふたりがまだわらっている最中だった。

バシジの少年兵。義勇隊として戦場へ送られ、帰ってきたのだ。この数日間、前線から行進して帰ってくるバシジの兵士たちがあちこちで見られる。今やってきている少年兵も、多くが包帯を巻いていた。足を引きずっている子がいる。正気を失ったような荒々《あらあら》しい目つきの子もいる。

最初、少年たちは小さなグループで通りを歩いてきた。絶えず車の流れをさえぎるので、クラクションが鳴りだした。少年兵たちは隊列を組んで行進しようとしているらしいが、歩調がバラバラで行進にならない。負傷兵が多すぎるのだ。

片目に血のついた眼帯をした少年が、壁《かべ》にペンキで描《えが》かれたホメイニ師の大きな肖像画《しょうぞうが》の前に立ちどまった。ファリンたちより年下だろう。

ファリンはサディーラをつついて、少年へ注目させた。

長いあいだ、少年は肖像画《しょうぞうが》の前に立ったまま、眼帯をしていないほうの目で画を見上げていた。

きっと敬礼するんだな、とファリンは思った。

ところが、そうではなかった。少年は泥《どろ》の水たまりへ体をかがめ、片手に泥《どろ》をすくいとったかと思うと、ふりかぶって壁《かべ》に投げつけた。泥玉《どろだま》はホメイニ師の顔のど真ん中に命中した。

少年が、またかがんで泥《どろ》をすくった。

そのとき、革命防衛隊の黒い制服が列をなして丘《おか》に登ってくるのが見えた。

「あの子、つかまる！」

ファリンとサディーラは少年に走り寄ると、泥《どろ》の水たまりからその子を引き離《はな》した。そして、革命防衛隊が通りすぎるまで、その子の頭を押《お》さえて、うつむかせた。

「だいじょうぶ？　つかれてるのね。手を貸しましょうか？」とサディーラが話しかけた。

少年は悲痛なさけび声を上げると、身をよじってふたりから離《はな》れた。そして、またバシジの列に加わり、足をひきずりながら去っていった。

丘《おか》を下っていく少年たちのうしろすがたを見ながら、ふたりはしばらく呆然《ぼうぜん》としていた。

やがてサディーラが口を開いた。

「悪霊《あくりょう》が世界を支配している……」

「ぼんやりしてられない。母たちは、起こるはずのないことを自分自身に信じこませて、にせの生活をだらだら送ってるけど、あたしにはできない。生きることを先延ばしになんかできないよ」

サディーラが力強くうなずいた。

「そうよ。わたしたち、人生を延期するわけにはいかないのよ。だって、戦争がまたすぐ起こって、いつ死ぬかわからない。わたしたちには先が無いんですもの。だから、生きることのできるあいだに生きるしかないのよ。わたしは、今できるかぎりのことをするわ。父のために精いっぱいおいしい食事をつくって、テストも精いっぱいがんばって、あなたっていう親友といっしょに精いっぱい楽しいことをするわ」

「うん、あたしたち、そんなふうに生きよう。あす死んでもいいように、生きて、勉強して、はたらこう。そうすれば、後悔《こうかい》することないから」

そういって、ふたりは見るともなく、さっきバシジの列が登ってきたほうに目をやった。サディーラがはっと息をのんだ。

長い長いバシジの列。赤い殉教者《じゅんきょうしゃ》の鉢巻《はちま》きをした少年たちが、足を引きずりなら、よろめきながら、まるではうように丘《おか》を登ってきていた。その多くの子が、おおっぴらに泣いている。

サディーラがファリンの手をそっとにぎった。そうしたまま、ふたりは少年たちが通りすぎるのを長いあいだ見ていた。

「後悔《こうかい》したくない」とサディーラがいった。

「そう、絶対に後悔《こうかい》しない」ファリンは、友の手をギュッとにぎりしめた。しっかりと指をからませたふたりの手は、まるでひとつになったかのようだった。

ف ٩

学校じゅうがざわめいている。

ファリンは校舎に入るなり、そう感じた。いつもとちがう活気が感じられた。生徒たちがあちこちにかたまってしゃべっているのはふだんと変わらないが、その様子がちがっているのだ。ファリンがそばを通りかかると、いつもなら、ファリンをのけ者にするようにおしゃべりの輪を閉じるのに、きょうはなんと、みんなが顔を向ける。

その表情の意味が読みとれない。

最初は、またバカにされているのかと思った。自分には、つねに生徒たちのからかいの的になるような何かがあることを知っていたから。

だが、きょうはちがう。

じゃあ、また何か悪いことが起こったんだろうか。戦争が終わってまもないが、またかだれかが死んだとか。でも、いったいどこのだれが？

そのとき、上級生のグループのひとりが近づいてきて、ファリンの手をとって握手《あくしゅ》した。

「おめでとう！」

「なんのこと？」

「知らないの？」その生徒は友だちのグループをふりかえった。「知らないんだってよ。見せてあげよう」

上級生たちはさっとやってきて、まるでファリンをさらっていくように、手をとり腰《こし》に腕《うで》をまわして正面玄関《げんかん》のホールのほうへつれていった。

ファリンは毎朝わきの出入り口から校舎に入る。そこが、ファリンが車から降りる場所に一番近いからだ。正面玄関《げんかん》は校舎の真ん中に位置し、校長室や一番大きな掲示板《けいじばん》もそのそばにある。掲示板《けいじばん》には、放課後のクラブ活動や居残り授業、級長会議、制服の販売《はんばい》など、さまざまな校内の活動についての情報が掲示《けいじ》されている。

中間テストの順位が貼《は》りだされるのも、この掲示板《けいじばん》だった。

上級生のグループが自分をつれてそこへ行こうとしたとたん、ファリンはわかった。そう、なぜかわかったのだ。まもなく人生で最も勝ち誇《ほこ》った瞬間《しゅんかん》を迎《むか》えることが。

でも、サディーラは？　サディーラの名前はないのだろうか？

心配する必要はなかった。

「あなた、今までだれひとりやれなかったことをやったのよ。パーゴルを負かしたのよ！」

まさしく、それはだれもが見られるように、掲示板《けいじばん》に高々と貼《は》られていた。ファリンの名前は二番目にあった。平均点は91点だ。そして、トップはサディーラ。93点だ。パーゴルの名前は次にあったが、平均点は88点で、上位ふたりとはちょっと差がついた印象だ。

「ほら、きたわよ、首席が！　サディーラのために、万歳三唱《ばんざい》！」

上級生の掛《か》け声に応じて、ホールに歓声《かんせい》が鳴りひびいた。その中を、玄関《げんかん》からサディーラが歩いてくる。すぐに少女たちがとりまいた。

ファリンはサディーラに笑顔を向けたが、またすぐ掲示板《けいじばん》に目をもどした。平均点91点の自分の名前から目をそらすことができない。

これまで、これほど上位に入ったことはない。しかも、この91点は平均点だ。ということは、科目によってはもっと高い点をとったということなのだ。

今まで教師の注意を引かないよう、何事にも平凡《へいぼん》でいることにすっかり慣れていて、努力らしいことは一度もしたことがなかった。しかし、サディーラといっしょに勉強を始めると、ファリンは初めて脳がはたらきだしたような気がした。一番の収穫《しゅうかく》は自制を学んだことだろう。一度学んでしまえば、気の散るようなことを心の中から追いだして目の前の勉強に集中することは、さほどむずかしいことではなかった。ファリンとサディーラは、昼休み、ほかの生徒たちのいない体育館の床《ゆか》にすわりこみ、教科書を床《ゆか》に置いて勉強した。授業中も、ファリンはひと言も聞き逃《のが》さないよう集中した。家に帰ると、勉強を口実にサディーラに電話して質問した。夜、ベッドに入ってからも、ひざを立て、教科書を立てかけて勉強をつづけた。「ナイト・ストーカー」のビデオはわすれさられ、ほこりが積もっていった。

ファリンはふと気になった。二位になったとわかったら、母親はなんというだろう？　でも、有機化学でいい点をとることが、国王を呼びもどそうという母親の努力のじゃまになるとも思えない。成績のことはだまっておけばいいのだ。

「わたしたちの努力、報われたわね」とサディーラがいった。

「あたし、ここまでできるとは思わなかった」

ファリンのことばに、サディーラがほがらかにわらった。

「あーら、わたしは、あなたにはちゃんと能力があると思ってたわ。でも、わたしをぬこうなんてゆめゆめ思わないでよ！」

「そう？　来月は、あたしの名前がトップだったりして！」

　これも、ふたりで決意したことだった。精いっぱい生きるということ。勉強するなら、とことんする。スポーツをするときも、とことん動く。とにかく、何をやるにも限界までやろうときめたのだ。

　にぎやかなおしゃべりの声が急に静まって、パーゴルがホールに現われた。だが、パーゴルが掲示板《けいじばん》を見るより先に、サディーラがこの級長に握手《あくしゅ》の手を差しだした。

「おめでとう、パーゴル。あなたも上位三人のひとりよ」

「は？　何？」掲示板《けいじばん》を見たパーゴルの顔が、石のようにかたくなった。

「あんたがこれほどできたとはね」とパーゴルがサディーラにいった。

「父は書物とともに暮らしてるような人なの。その父が勉強のしかたを教えてくれたのよ」

「なるほどね。一位になるのも当然ってわけだ」

「もちろん、努力もしたわ」

　パーゴルは、サディーラを追い払《はら》うようにぞんざいに手をふってから、ファリンに顔を向けた。

「おまえ、カンニングしたね」

生徒たちがいっせいに息をのんだ。カンニングの疑いをかけることは冗談《じょうだん》ではすまされない。カンニングが理由で退学させられる場合もあるからだ。そうなれば、本人にも家族にも恥《はじ》となるばかりか、転校することもできない。そんな場合、家族は娘《むすめ》をできるだけ早く嫁《よめ》にだしてしまうのがつねだった。

ファリンはこぶしをにぎった。

サディーラがすばやくあいだに入った。

「パーゴル、わかってるわ。本気でいってるんじゃないでしょ。だって、だれかがカンニングしたって主張することは、カンニングをゆるしてしまった先生がたを責めることにもなるんですものね。あなた、いつも一番だったから、三位になってがっかりしたかもしれないけど、これって、かえっていいことじゃないかしら。次の一位はだれだろうって、みんながすごく関心を持つわけでしょう？　それに、ファリンがたった一回のテストでこんなに成績を上げたってことは、だれだってやればできるって思えるわ。クラスがやる気をだせば、学校全体も活気が出る。結局、革命にとってもいいことにちがいないわ。だって、高い教育をうけた女性が、国民のためにはたらくってことですもの」

パーゴルが肩《かた》をいからせて、サディーラに向きなおった。

「あんたが革命を口にするのはいい。いうだけの犠牲《ぎせい》を払《はら》ってるからね。家族を亡くしてるし、つつましく暮らしてんだから。だけど、こいつ」といって、パーゴルは人差し指をファリンにつきつけた。「こいつは国民のためにはたらくようなやつじゃない。自分のためにしか何もやらない。こいつの家族は自分勝手だ。大邸宅《だいていたく》に住んで、壁《かべ》のうしろに自分たちの罪を隠《かく》してる。しかも、こいつのじいさんは国王の仲間だったんだ！」

居合わせた生徒たちが、ふたたび息をのんだ。

「わたしたちは親も親戚《しんせき》も選べないわ」とサディーラがつとめておだやかな口調で話した。「どんな家系にだって、腐《くさ》ったザクロのひとつかふたつはあるでしょ」

「そもそも革命ってのは、その腐《くさ》ったやつらの息の根をとめることなんだよ。友だちになるんじゃなくてね」

ホールは墓場のように静まりかえった。学校の中で、これほど卑劣《ひれつ》なことばが吐《は》かれたことはなかった。もういじわるなどというものではない。本物の悪意だ。

心臓が激しく打ち始め、ファリンは息苦しくなった。

そのとき、サディーラがさっと腕《うで》を組み、ファリンをその場からつれだした。

「きょうはすばらしいお天気ね。そして、わたしたち、最高に幸せだわ」とサディーラがやわらかくいった。

ファリンは、腕《うで》に巻かれたサディーラの手に自分の手を重ねた。てのひらにサディーラの指を感じていると、波立ったファリンの心は、しだいに凪《な》いでくるのだった。

10

その日は、ワインでも飲んだように愉快《ゆかい》だった。

この表現が何かの本にでもあったのか、自分で思いついたものなのか、ファリン自身にもわからない。そもそも、ワインを飲んだことすらない。人がアルコールを飲んだらどんなにだらしなくなるかさんざん見てきたから、飲もうとも思わない。

それでも、この表現はきょうの気分にぴったりだ。

きょうはワインでも飲んだように愉快《ゆかい》。ファリンの心はさっきから歌いつづけていた。

ファリンを乗せた車は、太陽がさんさんと降り注ぐ中、ハイウェイをすべるように走っていた。母親を家に残して。

あんなに重苦しかった毎日がどんどん軽やかになっていた。

父親は助手席に、アーマドはもちろん運転席に、ファリンは後部座席にすわっている。

車はテヘランを出て、南へと向かっていた。渋滞《じゅうたい》でのろのろとしか進まないときもあるが、ハイウェイではビュンビュン走り、検問所もスイスイぬけられた。昨夜、強風が吹《ふ》いてスモッグを吹《ふ》き払《はら》ってくれたので、空気はきれいだし、空は真っ青だし、母親は頭痛で家に残っているし、まったく申し分なしの日だ。

母親の頭痛が仮病だということは、だれもが知っている。たとえ本当の頭痛だとしても、それが一年に一度、夫の親戚《しんせき》を訪問する日だけに起こるというのは、医学的には謎《なぞ》というほかない。

「具合の悪いわたしが行っても、みんなの迷惑《めいわく》になるだけよ。あなたたち、わたしぬきで楽しんできてちょうだい。お父さまやお母さまたちによろしくね。わたしは頭痛薬でも飲んで、暗い部屋の中でおとなしくしてるわ」

母親がおとなしくなんかしていないことをファリンは知っている。父親も知っている。父親は、自分の親戚《しんせき》のことを妻がどう思っているかもわかっている。おそらく、妻はボーイフレンドのひとりと留守をすごすつもりなのだ。妻は夫がそれを知っていることを知らない。そして、ふたりは、ファリンがそのことを知っていることを知らない。

秘密、秘密、秘密。この家は秘密だらけだ。

だが、ファリンにはどうでもよかった。

何年も前、一度だけ父親の里帰りについてきた母親は、ずっと不愉快《ふゆかい》な顔をしつづけた。おおげさにハエを追い払《はら》い、食事を拒否《きょひ》し、家畜《かちく》のにおいをかぐまいと香水《こうすい》をしみこませたハンカチを鼻に押《お》し当てていた。

だから、ファリンにとっても、母親が来ないほうがうんといい。

だが、なんといっても、きょうの旅を最高のものにしているのは、この車の後部座席、ファリンのとなりに、サディーラがすわっていることだ。

先週、ファリンは一週間かけて、きょうの日の手はずを整えた。サディーラの父親から許可をもらい、自分の父親を説得して、サディーラをつれていくことがいかによいことか納得させた。

「サディーラはね、伝統的な暮らしのことを知りたいんだって」

「おもしろい子だな。おまえの、その友だちというのは」

父親は、もっぱら今風の家を建てる建設会社を経営しているし、生活スタイルも現代的だ。しかし、自分では自分のことを、伝統を重んじる男だと思っている。テヘランの市街地をぬけ、サディーラを迎《むか》えにいったときの父親のようすを見て、ファリンはそのことをあらためて感じた。

サディーラの家の簡素な客間に通されて、ファリンの父親は、その部屋の、禁欲的ともいえるほど質素で、それでいて気持ちの安らぐ空間を見まわしながら、いかにもうらやましそうな顔つきをしていたのだ。

「ねえ、シーラーズには行ったことある？」ファリンは、さっきから静かに車窓のながめを楽しんでいる友人にたずねた。

「小さいころ、行ったと思う。でも、覚えてないわ」

「きっと気に入るよ。すっごくきれいなんだから」

あなたみたいに、とファリンはあやうく口にだしそうになった。

サディーラは美しかった。そのサディーラといっしょに、ファリンは丸二日間の休日をすごすのだ。最初の日は父親の実家に泊《と》まり、二日目はシーラーズというイラン最古の町で、美しい庭園や寺院を訪れたり、カフェに入ったりしてすごすことにしていた。

「うしろのおふたりは、お変わりありませんかな？」と父親が助手席からふりむいていった。「あんまり静かだから、ふたりとも窓からとびおりたのかと思ったよ」

ファリンは父親のへたな冗談《じょうだん》が恥《は》ずかしかったが、サディーラは礼儀《れいぎ》正しく返答した。

「わたし、さっきから、テヘランの町がこんなに大きくなったことに、目を見張ってたんです。

歴史の授業で、最初テヘランはザクロを育てていた小さな村だったと習ったんですけど、今はこんなに大きく広がっていて！」

「きみは歴史の勉強がすきなのかな？　じゃあ、わたしがイランの歴史について少々お話ししよう」

こういって、父親はさもうれしそうに、テヘランの人口が一三世紀にいかに増えたかという話を長々と語りだした。当時モンゴル人に支配されていた地域から、処刑《しょけい》をまぬがれた捕虜《ほりょ》たちが逃《に》げてきて住み着いたのが、テヘランだという。父親は高等教育こそうけていないが、本をたくさん読む。そして、読んだことをとてもよく覚えている。

「それ以前の時代、イラン人は地下に住み家をつくっていた。ものすごく頭がよかったんだよ、われわれの祖先は！　そうやって、夏の暑さも冬の寒さも防いでいたんだからな」

それから、父親の話は、自分の考えた新しい建物——伝統の知恵《ちえ》と現代の技術を合体させた、将来のイランのために開発しようとしている新しいタイプの住居のことへと進んでいった。

「住居の設計で、イランは世界をリードできるかもしれんぞ」

サディーラはちゃんと最後まで耳を傾《かたむ》け、ときどき礼儀《れいぎ》正しく適切な質問さえはさんだ。

「それに、太陽光発電を地域ぐるみで開発しているところもある」と父親がいったとき、アーマドがいった。

「そろそろ着きますよ」

車はハイウェイからいなか道へ入った。進めば進むほど道は悪くなり、ついに小高い丘《おか》につきあたった。小型トラックやバイク、荷馬車などがごちゃごちゃとめられているそばに車をとめ、みんなは降りた。

それぞれが食べ物や贈《おく》り物の箱をいくつも持って、丘《おか》をほんの少し登ったところで、子どものはずんだ声がした。

「きたよ！」

この瞬間《しゅんかん》から夜までずうっと、ファリンは幸せの渦《うず》の中でもみくちゃにされているようだった。

そこには父親の親戚《しんせき》一同が待ちかまえていた。祖父母、叔母《おば》、叔父《おじ》、そのつれ合いとたくさんのいとこ。いとこたちはあまりにも多くなって、ファリンはもう全員の名前を覚えられないほどだ。

だれもかれもが、ファリンに会えて大喜びだった。みんな、サディーラを親戚《しんせき》のように歓迎《かんげい》した。

サディーラのほうも、すぐにこの場に溶《と》けこんだ。女たちといっしょにすわっておしゃべりし、赤ん坊《ぼう》をあやし、食事の支度を手伝い、羊の毛を洗ったり、その紡《つむ》ぎかたを女たちから習ったりした。

「どうだい、おまえの友だちは！　まるで光が差してるようじゃないか！」ファリンといっしょにテントの張りだしの陰《かげ》にすわり、刺繍《ししゅう》の新しいステッチを教えながら祖母がいった。「あの子はいい母親になるよ」

ファリンはわらった。

「あたしたち、まず学校を卒業しなきゃ。サディーラはね、中間テストで一番だったんだよ」

「じゃあ、頭もいいのかね」

「これ、秘密なんだけど、二番はあたし」

「ほんとかい？　さすがあたしの孫だよ！」祖母はそういって、ファリンをギュッと抱《だ》きしめた。「でも、なんで秘密なんだい？」

「母さんは、あたしに目立ってほしくないの。自分の家柄《いえがら》を知られるのがいやだから」

「目立てばいいのさ、堂々と。おまえの母さんの頭がまともなら、おまえのこと、自慢《じまん》に思うはずだがね」

夕食は、全員が集まり、外で食べた。地面に広げた大きな丸い敷《し》き布の半分を男たちが、もう半分を女たちが囲んだ。

ファリンは、祖母のそのまた祖母が織ったという小さな絨毯《じゅうたん》に、サディーラと並んですわった。頭の上には夜空が広がり、足もとにはイランの堅固《けんこ》な大地があった。みんなは、熱した石の上で焼いたパンや、山羊《やぎ》の肉とヒヨコマメのシチューを食べた。おしゃべりや昔語りで座はにぎわい、辺りは笑いと音楽で満たされた。サントゥールを渡《わた》されたサディーラが一曲奏でた。だれもがサディーラを快く思ったようだった。

音楽が途切《とぎ》れると、父親は祖父に向きなおった。

「父さん、このごろ暮らしはどうなんです？　まだ、こんないなかで暮らすつもりですか？」

「国王のもとでも、暮らしは楽じゃなかった。新しい政府になっても、同じようなもんだ。そんなことは、もう考えないことにしとるよ。面倒《めんどう》は、山羊《やぎ》と羊だけでじゅうぶんだ」

「毎年聞いていますが、今年も聞きますよ、父さん。うちへきて、いっしょに暮らしませんか。広さはじゅうぶんあるし、父さんたちのために、もう一軒《いっけん》建ててもいいんです」

このやりとりをファリンは毎年聞いていた。今年も、祖父は息子の申し出を断るだろう。「快適に暮らすよりたいせつなことがある」とか「安全よりもっと重要なことがある」などといって。

もうこれ以上聞いていてもしようがない。ファリンはサディーラに合図すると、ふたりで席を立った。

「あんまり遠くへ行くんじゃないよ。この辺の山には狼《おおかみ》が出るから」と祖母が声をかけた。

ふたりは、親戚《しんせき》たちのすがたが見えて、それでいて、じゃまの入らない場所に腰《こし》を下ろした。

「あなたの親戚《しんせき》、いい人たちね。わたし、すきよ」とサディーラがいった。

「みんなも、あなたのこと、そう思ってるよ」とファリンはいった。

まばらな林の上に月が昇《のぼ》っていた。満月だ。明るい月の光が、サディーラの顔をくっきりと浮《う》かび上がらせた。その美しさにファリンは息をのんだ。

みんながまた歌を歌いだした。太鼓《たいこ》の音はやわらかく、なつかしいリズムを刻んだ。笛の音が風に乗って間近に聞こえたかと思うと、また流されてメロディが途切《とぎ》れた。

この小高い丘《おか》の上から、すそ野に広がる平地が見渡せた。小さな村や遊牧民のテントが点在するのが、ランプの灯りやたきびの火でわかった。

最高の気分だった。ここでは、日常のすべての卑《いや》しさやおそれ、憎《にく》しみや醜《みにく》さから離《はな》れて、高みに浮《う》かんでいられる。ここには、自分たちをおとしめる者も、傷つける者も、押《お》しとどめる者もいない。地球があり、月があり、ふたりがいるだけだった。

そのあとのことがどうして起こったのか、ファリンにはわからない。そんなことみじんも考えていなかった。頭とはまったく無関係に、体が動いたのだ。

ファリンがちょっとサディーラのほうを向くと、サディーラも、同じようにファリンのほうを向いていた。たがいの顔が近づき、くちびるがほんのわずかに重なって、ふたりは一瞬《いっしゅん》にして幸せの高みへと舞い上がった。

それから、ふたりは、ただすわって、月が天空を横切っていくのをながめていた。

ことばはいらなかった。月がふたりの代わりに語ってくれた。

11

陽気な朝の音が、テントの中まで聞こえてきた。

子どもたちの遊ぶ声、立ちはたらくおとなたちの軽やかな足音。

テントの中は、たき火のにおいと、テント生地の毛皮のにおい、古い羊毛の毛布特有のちょっぴりかび臭《くさ》いにおいが混じり合って、なんとも居心地がいい。もう少しこのままでいたくて、ファリンは目をあけるのをしぶっていた。

祖父母のところに泊《と》まるときは、いつもぐっすり眠《ねむ》れる。空気が澄《す》んでいるせいかもしれない。親戚《しんせき》の女や子どもたちといっしょに、マットや絨毯《じゅうたん》の上で雑魚寝《ざこね》をするせいかもしれない。

ファリンはゆっくりと起きだした。すぐそばにだれかが寝《ね》ているのを感じた。もちろんサディーラだ。ほかの者はみな起きて、テントに残っているのはふたりだけ。ファリンはサディーラの髪《かみ》の中に顔をうずめ、ほのかなジャスミンのかおりを深々と吸いこんだ。両腕《りょううで》をサディーラの体にまわすと、サディーラの両腕《りょううで》もファリンの体に巻きついた。

これより快い場所が、この世の中のどこにあるだろう？

「ふたりとも、もう起きな。ごはんが……」

ファリンの祖母がテントに入ってきて、ふたりが寝《ね》ているそばに立った。

その顔を見上げ、ふたりはあわてて体を放した。

「おはよう、おばあちゃん。よく眠《ねむ》れた？」ファリンは平静をつくろって、いつものようにあいさつした。サディーラと手をつないだままで。放そうなど思いもつかなった。

祖母はテントの垂れ布を下げると、ふたりの間近に寄って小声で話し始めた。

「サディーラ、あんたのお母さんは亡くなったっていったね」それから、ファリンを向いた。「そして、おまえの母親は……」最後までいう必要もない。「まあ、そういうわけだから、こんなことは、だれもあんたたちに教えてくれなかったんだろうが」

「なんの話？　おばあちゃん」

「あんたらは友だちだ。それはいいんだよ。だがね、けっして、それ以上のものになるんじゃない。あんたらの友情を、何か不自然な見苦しいものにしちゃいけないよ。さっきみたいに、しがみついたりしちゃだめだ。女同士でそんなことをするような子は、だれもお嫁《よめ》にもらっちゃくれないからね。いいかい？　絶対にするんじゃないよ！　将来が台無しになるんだから！　きょうは仕方がない。知らなかったんだから。でも、二度とやるんじゃない。これは、あたしからの警告だ。さ、一度聞きゃあ、じゅうぶんだろ。もう、このことはおしまい」祖母はそういうと、テントから出ていきながら肩越《かたご》しにいった。「朝ごはんができてるよ」

ふたたび、ふたりきりになった。

「もう起きたほうがよさそう」とファリンはいった。

ふたりは起き上がって、毛布をたたみ始めた。

「あなたのおばあさん、怒《おこ》ってたわ。ごめんなさいね、あなたが叱《しか》られるようなことになって」

ふたりはだまって残りの毛布をたたみ、テントの中を片づけた。

テントから出ていこうとして、ファリンはサディーラをふりかえっていった。

「あたしは後悔《こうかい》してない」

ふたりはたがいにほほえみあって、日差しの中に出ていった。

みんなはきのうとまったく同じだった。父親は上きげん、女たちはあれこれの仕事にいそがしそうで、男たちはもうタバコを吸いながら雑談している。

ファリンとサディーラは、それぞれ別々のことをしている女たちのグループに入った。サディーラは、山羊《やぎ》の乳しぼりを習い、ファリンは野菜を刻んでいる女たちを手伝った。

刻んだタマネギから目を上げると、祖母と父親がみんなから離《はな》れたところで話しているのが見えた。何をいっているのかは聞こえなかったが、身ぶり手ぶりから、ふたりがいい争っているのはわかる。ふたりがこちらに顔を向けたので、ファリンはすばやく目をそらした。

まもなく、ファリンと父親の一行は車に乗って出発した。

車の中ではだれもしゃべらず、ファリンとサディーラは不安になった。ふたりは後部座席で顔を見合わせたが、話をする気になれなかった。

このままじゃ、旅が台無しになる。

ファリンは、思いきって父親に聞いた。

「何かあったの？」

長い沈黙《ちんもく》のあと、父親はため息をついていった。

「おふくろがえらく怒《おこ》ってる」

「どうして？」

「おまえと、いとこの息子との結婚《けっこん》に、同意しろというんだ。おれは断った。そこで、ご立腹というわけだ」

「おばあちゃんがあたしに結婚《けっこん》を？」

「おふくろがいうには、おまえを結婚《けっこん》生活の中に閉じこめるのが、父親としての義務なんだそうだ。それで、もしおれがその義務を果たさないというんなら、自分が代わりにやるんだと。おれが、そんなことは困るというと、ひどく怒《おこ》ってな。だが、おふくろの立腹のほうが、まだましというもんさ」

「いとこの息子って、どんな人？　変な人？」

「いや、よさそうな子だったよ。まじめで働き者で。おれはその子については何も文句はない。おれがいってるのは、おまえの母親に怒《いか》り狂《くる》われるより、おふくろから怒《おこ》られるほうがましだってことさ。わかるだろ？　ひと言もなしに、おれがおまえの結婚《けっこん》相手をきめたとなったら、おまえの母さんがなんというか。しかも、おれの親戚《しんせき》の子だぞ。おれはごめんだ。おふくろに会うのは年に一度か二度。なんとかやりすごせる。だが、おまえの母さんは、それでなくても、あのとおりだ」

ほっとして、ファリンとサディーラはほほえみあった。

父親もきげんをとりもどした。

「そんなことより、休暇《きゅうか》なんだ、楽しもうじゃないか。アーマドくんよ、ラジオで何かパッとしたもの、やってないかね」

アーマドがトルコ音楽を流している局に合わせ、ボリュームを上げた。にぎやかな音楽とともに車はハイウェイを疾走《しっそう》し、車内にまたお祭り気分がもどった。

シーラーズに着くと、アーマドは車をアザディ公園の近くにとめた。

「おれはここで仕事がある。アーマドもいっしょにきてもらう。おまえたちを信頼《しんらい》していいかな？　ふたりであちこち楽しんだら、二時までにはもどってくること。いいかい？　でないと、テヘランまでは長いからな」

「この辺りなら知ってるから、だいじょうぶよ。遠くへは行かないから」とファリンは父親を安心させた。

父親は、花壇《かだん》やベンチに囲まれて像が立っている場所を指さした。

「あそこのベンチのところで会おう。さあ、お昼にはすきなものを食べて、楽しんでおいで」そういうと、ファリンにお金を渡《わた》した。

ファリンとサディーラは車から降りると、車が走り去るのをながめた。

「サディーラ！　あたしたち自由よ。このすてきな町に、あたしたちをじゃまする者はいない。それに、お金もある。なんだってできるよ！」

ファリンはサディーラの手をつかんだ。ふたりはイスファハン橋を渡《わた》って、古都シーラーズに入っていった。

ファリンが覚えていたとおり、シーラーズは美しかった。庭園はどこも花盛り。カフェは、のんびりときょうの一日を楽しむ人たちであふれている。本屋、服や布を売る店、どこもかしこも美しいものばかりだ。

見るものがあまりにも多いので、のんびりレストランで食事をするのは時間が惜《お》しい。ふたりは、通りに店をだしている屋台でいろんなスナックを買い、歩きながら食べた。最後はサフランソフトクリームでしめくくり、それからハーフィズ廟《びょう》へと向かった。

「自分がここにいるのが信じられないわ。わたし、字が読めるようになってからずうっとハーフィズの詩を読んできたのよ」とサディーラが感激した顔でいった。

高い大理石の柱の廟堂《びょうどう》は、池や庭園に囲まれて日を浴びていた。アーチ型の通路には、大きな本が開いたまま台座の上に置かれている。ここを訪ねる人たちはひとりずつ、その本の前に立って、一度本を閉じ、また適当にページを開く。それから、かがんで、そこに書かれている詩を読むのだ。

「ねえ、ハーフィズ占《うらな》いしない？　あたし、ずうっとやってみたかったんだけど、前にきたときには、きょうほどやる気になれなかったんだ」とファリンはサディーラを誘《さそ》った。

ふたりは未来を占《うらな》おうとする人々の列に並んだ。イランで昔から信じられている占《うらな》いで、どこでもやれるが、人々はとくにこの廟《びょう》でやりたがる。ハーフィズの詩の本を適当に開き、目をつぶって、そのページの一か所を指で差す。すると、そこに書かれていることばが未来を示してくれるというのだ。

列の前の人々は、自分の差した文字を読んで、いろいろな反応を見せた。喜ぶ人もいれば、戸《と》惑《まど》いの表情を見せる人もいる。ひとりの女性は自分で読んだことばにひどく動揺《どうよう》し、すぐにその場を離《はな》れた。

番が来ると、サディーラがいった。

「いっしょにやりましょうよ。これからもずっとあなたの友だちでいたいの。だから、わたしたちふたりの運命を知りたいのよ」

ふたりは分厚い本を閉じた。それから、ふたりでいっしょに本を開き、目を閉じた。人差し指を重ねて手をにぎりあうと、偉大《いだい》な詩人の字句の海へとびこませた。

「あなた、読んで」とサディーラがいった。

ファリンは、文字を読もうと腰《こし》をかがめた。

「愛に歓喜《かんき》する心に、死のつけいるすきまなし。われらの不死は、生命の本に刻みこまれていればなり」

ファリンは目を輝《かがや》かせて身を起こした。

「これ、今までに読んだ中で一番美しいことばだ！」

そのあとは、ふたりともあまりしゃべらなかった。廟《びょう》のうしろの庭園に入りこみ、ベンチにすわった。まわりには花が咲《さ》き乱れ、鳥が歌い、静かにすわって詩を読む人々、芝生《しばふ》の上でピクニックをする人々がそここにいて、おだやかで平和な空間にゆっくりと時が流れていた。

ファリンが口を開いた。

「あたしたちのこれからの人生って、こんなふうになるかも。いっしょにいて、一生懸命《けんめい》仕事をして、そして、ときどきこんな庭で静かにすわって」

「それ、最高の人生よ。結婚《けっこん》なんかする必要ないわ。わたしたち、大学に行って、何かの専門家になって自分でかせぐのよ。だれにも迷惑《めいわく》かけないし、頼《たよ》らない。もしそうなったら、それ以上幸福な人生はないわ」

ふたりは、ぎりぎりまでそうやって庭園にすわりつづけた。それから、約束の場所へとかけてもどった。

アーマドと父親はもうきていた。

「仕事が早く終わったんだ。気にせんでいい。おまえたちが遅《おく》れたんじゃないんだから。どうだ？　楽しんだかい？」

シーラーズからもどる道は混んでいて、車はのろのろとしか進まなかった。父親がアーマドに命じた。

「つぎを曲がってくれ。その村をぬけて、もっと北のほうでハイウェイに乗ろう。そのころには渋滞《じゅうたい》も解消されてるさ」

車はハイウェイを下りた。陽をうけた平原が金色に輝《かがや》いている。やがて岩と砂の平原のところどころに遊牧民のキャンプ地が点在するようになり、羊の群れと羊飼いが見られた。道路沿いで物を売る小さな屋台は小屋となり、じきに小さな家屋敷《いえやしき》となって、村が近いことが知られた。

車が角を曲がると、人混みが見えた。

「引きかえそう。何が起こってるのか知らんが、かかわりたくない」と父親がいった。

アーマドが何度もハンドルを切りかえして車をUターンさせようとしたが、後続の車がせまっていて、できない。しかも、前からも車が一台きたので、ファリンたちの車は狭《せま》いいなか道に横向きにとまったまま、身動きがとれなくなってしまった。

父親が車から降りて交通整理をしようとしたが、むだだった。つながっている車を無理に追い越《こ》してうしろから走ってきたのは、革命防衛隊の白いトラックだった。防衛隊員が何人も荷台からとびおりてきて、人々に車から出るよう指示した。隊員のひとりが、銃《じゅう》を車の窓ガラス越《ご》しにファリンの顔につきつけた。

アーマドが、ファリンとサディーラに小声でいった。

「車からすぐ降りて、お父さまのそばにいてください。兵隊にいわれたとおりにして抵抗《ていこう》しないこと。さあ、緊張《きんちょう》しないで。あわてたり騒《さわ》いだりは禁物です」

ふたりの少女は、ファリンの側から車を降りた。ほかの車に乗っていた人々もみな、道路ぎわを村のほうに急いで歩いていく。ファリンたちもその流れに従った。父親は守るようにふたりに両腕《りょううで》をまわした。

「いったい何？」とファリンは父親に聞いた。

「しゃべっちゃいかん。注目されるようなことは何もするな。防衛隊は、おれたちを逮捕《たいほ》したとはいわなかった。いわれたとおりにして、静かにしてるんだ」

革命防衛隊は、人々を村の広場に入れた。人混みの中、父親はふたりを背の高い男たちのうしろへ導き、目立たない位置に立たせた。ファリンは、一本の髪《かみ》の毛も見えないように、スカーフをしっかりかぶりなおした。だが、防衛隊は明らかにほかのことに気をとられている。

建設用のクレーンが広場の真ん中にあった。まわりを防衛隊員がとりまいている。黒ずくめの服に黒いターバンを巻き、顔も隠《かく》している。

ファリンはサディーラの手をまさぐり、にぎりしめた。

人混みに埋《う》もれたふたりには何も見えなかったが、人々が静まりかえるのはわかった。防衛隊員がメガホンで何かさけんでいるが、声がくぐもっていて、いくら聞こうとしても何をいっているのかわからない。

そのとき、クレーンがいきなり高く上がった。

クレーンの先、ふだんは家屋破壊《はかい》用の鉄球がワイヤーで下げられているところに、ぶらさがっていたのは、人間だった。

その男はうしろ手にしばられ、両脚《りょうあし》もかたくしばられていた。顔はむきだしにされていた。男の苦しみを、最後の息がとまる瞬間《しゅんかん》まで、みんなに見せつけるために。男はワイヤーの先で身をよじらせ、揺《ゆ》れていた。そのたびにしまっていく首縄《くびなわ》から逃《のが》れようと、男は足をつっぱったり、体を回転させたり、無益な試みを繰《く》り返していた。ひきつけを起こしたように、足がつっぱる。二回、三回……五回。ファリンにはもう数えられない。

男はなかなか事切れなかった。

防衛隊員がふたたびメガホンで聞きとりにくい演説をし、ようやく人々を解散させた。父親はファリンとサディーラを急いで広場からつれだした。

車にもどったときには、だれもがほっとした。しばらく道路は混乱していたが、なんとか車が流れだし、ファリンたちはもとのハイウェイにもどることができた。

テヘランへの帰り道、サディーラはずうっとファリンの手をにぎりしめていた。

12

「人よりすぐれたると思うなかれ。われは心に命ず……」

きょう、学校は「ルーミーの日」。

ステージでは、中学一年のクラスが、国民的詩人、ルーミーの短い詩を朗誦《ろうしょう》している。生徒たちの目は担任の若い女教師にくぎづけになっていて、教師は生徒たちがつかえるたび、励《はげ》ましのほほえみを送っている。

ファリンの学校は、理科系の科目に力を入れ、生徒たちが薬学の道に進むのを期待していたが、コブラ校長は、新入生の保護者が参観日に来校するたび、学校を案内しながら、こういうのがつねだった。

「いくら知識を仕入れても、文化に対する正しい理解なくしては、人は半人前にしかなれません。ですから、あなたがたのお子さんは、かけ算の勉強と同時に、フィルダウシー、ルーミー、ハーフィズの詩も学ばなければならないのです」

学校は、学期ごとに生徒の詩の学習を発表する日をもうけて、保護者や役人たちを招待していた。ファリンは、父親は仕事だとわかっているし、母親には聞くまでもない。だから、今回もファリンの両親はきていない。

サディーラの父親もこなかった。

「わたしが詩を暗誦《あんしょう》できることは、もう父は知ってるから」というのが理由だった。

会が進むにつれ、発表者のレベルはどんどん高くなり、朗誦《ろうしょう》する詩はますます長くなる。自分のクラスの番が近づくにしたがって、ファリンは落ち着かなくなってきた。

ファリンは、賢王《けんおう》ソロモンについての長い詩をひとりで暗誦《あんしょう》することになっていた。ソロモンがたくさんの鳥のさまざまな鳴き声を聞いて、そのすべてのことばを理解するという内容の詩だ。その趣意《しゅい》は、いかに異なった言語で表現されていようと、たいせつな事柄《ことがら》は伝えうるということ。長い詩だったが、ファリンが心配しているのはそのことではない。暗記は集中力の問題だ。その詩なら、もううしろからだっていえる。

今ファリンを落ち着かなくさせているのは、ファリンが朗誦《ろうしょう》しようとしている詩が、その詩ではないからだった。

シーラーズへの旅から帰って、あることがファリンにはっきりとわかった。

自分はサディーラに恋《こい》している。

だって、ほかに説明がつかないではないか。朝、目をあけると同時に頭に浮《う》かぶのは、サディーラ。夜、眠《ねむ》りにつく前に思うのも、サディーラのことだ。毎晩九時になると、ファリンは外に出て月を見上げる。そして、月に向かってキスを送り、そのキスをたいせつな友のところへ運んでくれるよう、ひそかに月に願うのだ。

サディーラのいない部屋は、空っぽに思えた。でも、サディーラがいると、その部屋にどんなにたくさんの人がいようと、サディーラとふたりきりでいるような気がした。

サディーラとなら、どんなに長いあいだいっしょにいても、飽《あ》きるということがなかった。

ファリンは、何度も勇気を奮い起こして、サディーラに気持ちを打ち明けようとした。だが、いっしょに勉強しているときに思いきって告白しようとすると、そんなときにかぎって、サディーラが三角法の問題を教えてほしいといったり、ユーフラテス川の源をたずねたりする。学校の勉強のことはなんでも話せるくせに、たいせつなことになると、とたんに舌が動かなくなり、何もいえなくなるのだった。

きょうこそは、とファリンは決意していた。みんなの前で発表するのだ、自分の本当の気持ちを。自分がいかにそのことを幸せに感じているか、はっきりというのだ。

サディーラが自分と同じように感じているかどうか、それを心配するのは、そのあとでいい。

ファリンは、気持ちを詩で表現するつもりだった。

最初、自分で詩を書いてみたが、サディーラに対する喜びや心の痛みは、とうてい表わすことができなかった。そこで、古典の詩の中に、それが表現されているものがないかさがした。そして、とうとうルーミーの詩にもどってきたというわけだ。

だが、その詩は、学校で暗誦《あんしょう》するようファリンに割り当てられたものとは別の詩だ。

クラスが呼ばれた。出番だ。ファリンはほかの生徒といっしょにステージに上がり、リハーサルどおり合唱隊のような隊形に並んだ。それから、みんなで最初の詩を斉唱《せいしょう》した。

それがすむと、ファリンは前に進み出た。さあ、ひとりで朗誦《ろうしょう》する番だ。

ステージの中央に歩いていき、さらに前へ、ステージの端《はし》まで進んだ。黒いエナメル靴《ぐつ》のつま先が、ステージの床板《ゆかいた》から前にはみだした。

ファリンは、聴衆《ちょうしゅう》の中にいるサディーラの顔だけをまっすぐ見つめ、朗誦《ろうしょう》を始めた。

「このうえなくすばらしい愛、
なんとこのうえなくすばらしい愛を
わたしたちははぐくんでいることか、
なんと細やかに、なんと善良に、
なんと美しく、なんと温かに、
そう、この日光のような愛は、
わたしたちをなんと温めてくれることか。
なんと秘められた、なんと秘められたるわたしたちの愛。
だが、なんと真実な……」
サディーラの目が輝《かがや》いている。サディーラがほほえんでいる。
「……もう一度、わたしはもう一度いう、
狂気《きようき》にも似たこの愛が、……」
バーン！と音を立て、体育館のドアがあいた。十人以上もの革命防衛隊が、銃《じゆう》をかまえたまま生徒たちをかきわけ、荒々しくステージのほうへ歩いてきた。
生徒たちがいっせいに金切り声を上げた。だが、防衛隊が銃《じゆう》で生徒を押《お》しやりながら、「静かにしろ！」とどなると、声を立てる者はいなくなった。

「どういう権利があって、ここに押《お》し入ってきたのですか？」

コブラ校長が、隊長らしい男のほうへつかつかと歩いていった。そして、男のかまえていた銃《じゅう》を、まるで木の物差しか何かのように払《はら》いのけた。

「おれたちは行きたいところへ行く。あんたに弁明する義務はない」と隊長がどなった。

「口のききかたに気をつけなさい。ここは学校ですよ。ここにいるのはわたしの生徒で、わたしは校長です。もし生徒に何か話したいのなら、わたしを通して話してもらいます」

そのあいだに、ほかの隊員たちは校長を無視してステージに上がっていった。

ファリンはショックのあまり動けなかった。クラスメートのひとりがうしろから引っ張って、ファリンをほかの生徒の中に引きずり入れた。

隊長が大声で話しだした。

「これを書いた生徒をさがしておる」

そういうと、ポケットから折りたたんだ紙切れをとりだし、開いて、高く掲《かか》げた。それは、以前あちこちに落ちていた、女性の権利について書いたチラシだった。

「われわれの得た情報によると、この学校の生徒がこれを書いたことがわかっておる。だれだ。

今すぐ名乗りでろ」

コブラ校長がステージに上がってきた。

「わたしが校長です。この件はわたしにまかせてください。犯人を見つけて当局に差しだしますから。ここにいる生徒たちは、まだ子どもですよ。こんなにこわがってるじゃありませんか」

隊長が校長をドンと押《お》しのけたので、校長はステージの床《ゆか》、ファリンのすぐ足もとに倒《たお》れた。

考えるまもなくファリンは校長を助け起こした。

隊長がまた大声をだした。

「もう一度聞く。これを書いたのはだれだ？」

だれも出てこない。

「だれもこたえないな？　じゃあ、おれが自分できめるまでだ」

隊長がクルッとうしろを向くと、ステージにいた生徒たちをにらみつけた。そして、近づいていって、ひとりずつ顔をグッとにらんでは、つぎに移った。ファリンの前まで来て、隊長の足がとまった。

「おまえは校長を助け起こしたやつだな。これを書いたのはおまえか？『イランの女性が国王を追いだしたのは、アヤトラ・ホメイニ師に裏切られるためだったのか？』などとけしからんことを書いたのは、おまえか？」

おそろしさにファリンは声が出なかった。隊長は、今までに出会っただれよりも体が大きく、声がうるさく、卑劣《ひれつ》な顔をしていた。ファリンは口をあけることすらできなかった。

「つれていけ」と隊長が命令した。

ふたりの隊員がファリンの腕《うで》を両側からつかみ、ステージから引きずり下ろした。

ファリンはもがいたが、男たちの力にはなすすべがない。サディーラが大声でファリンを呼んだ。教師が生徒に道をあけるようさけんでいる。校長が隊長とどなりあっている。

そのとき、別の声がひびいた。

「わたしが書いたのよ！」

その声はあまりに大きく力強かったので、すべてのざわめきの中からとびぬけて聞こえた。

ファリンを引っ立てていた隊員が立ちどまって、ふりかえった。

ステージの真ん中に立っていたのは、首席の優等生、ラビアだ。

生徒たちは凍《こお》りついたようにラビアを見つめた。

「わたしがチラシを書いたのよ。わたしがひとりで考えて、タイプで打って、印刷したのよ。だれからも手伝ってもらってないわ。わたしひとりの責任だし、そこに書いてることは全部、わたしが思ってることよ。母は革命のために戦って、そして……」

ラビアが次にいおうとしたことは、防衛隊によってラビアとともに引っさらわれた。

引きずられていくラビアのさけぶことばが、とぎれとぎれにファリンの耳に届く。

「……自由……」

「……権利のために戦うのよ！」

ラビアはみんなに好かれ、尊敬されている。生徒たちは教師がとめるのも聞かず、雪崩《なだれ》を打ってラビアを追った。混乱の中で、ファリンをつかんでいた隊員の手がゆるんだ。そのすきにファリンは腕《うで》をふりはらい、大波のように動く生徒たちの中にとびこんだ。制服の海の中で、隊員たちはファリンを見失った。

ファリンはサディーラを見つけた。ふたりは出口へ急いだが、遅《おそ》かった。

ラビアは連行されたあとだった。

13

三角法など、どうでもよくなった。

いつものように、ファリンとサディーラは体育館の床《ゆか》にすわり、教科書を広げていたが、勉強らしいことは何もできなかった。

ラビアが連行されたあと、生徒たちは教室にもどされた。ルーミーの日は終わりとなった。午前の残りの時間は通常の授業が行われた。

教師たちはいつもどおり授業を進めようとしたが、ちゃんときいている生徒がひとりでもいただろうか。やっと昼食の時間になった。ファリンとサディーラはだれもいない体育館へ逃《のが》れた。

「あいつら、ラビアをどうするんだろう？」ファリンの頭の中に、クレーンに男がつりさげられていたあの村の光景がよみがえってくる。

ファリンの不安を読んで、サディーラがいった。

「女の子を縛《しば》り首《くび》になんかしないんじゃない？　ラビアが何か書いただけの理由で、そんなことはしないわよ」

「そもそも、あのチラシがなんで悪いんだろう？　政府は、教育はたいせつだっていってる。でも、あたしたちを教育すれば、当然、あたしたちは自分の頭で考えるようになる。そして、考えれば、自分の意見を持つのは当たり前なんだから」

「政府は、ラビアを縛《しば》り首《くび》なんかしないわよ。わたしは絶対そう思う。うちの父にやったような拷問《ごうもん》もやらないと思う。たぶん、お説教して、ちょっぴりおどかすだけじゃないかしら。だって、理屈《りくつ》に合わないじゃないの。ラビアはすごく頭のいい人よ。イランには頭のいい女性が必要でしょう？」

ふたりは、ふたたび三角法の教科書をとって勉強しようとした。きょうが、いつもと変わらないふつうの日で、授業の予習をしなくちゃならないのだと自分にいいきかせて。

ファリンはそうやってページを見つめていたが、何も頭に入ってこなかった。サディーラに、勉強する気になれる？と聞こうとしたとき、サディーラがたずねた。

「ねえ、あなたが暗誦《あんしょう》した詩、なんだったの？　あなた、鳥の詩をやるんじゃなかった？」

ファリンは教科書を床《ゆか》に置いたが、すぐにはこたえられなかった。

「あの詩、すてきだったわ。少なくとも、防衛隊が入ってくる前にあなたが暗誦《あんしょう》した部分は。あとの部分も知ってるの？」

「もちろん、全部暗誦《あんしょう》できるよ」

「じゃあ、わたしだけに暗誦《あんしょう》してくれない？」

詩に、体育館の床《ゆか》はふさわしくない。ファリンは立ち上がると、サディーラに手を差し伸《の》べた。そして、サディーラを引っ張って、いっしょにステージに上がった。それから、サディーラをそこにあった脚《あし》の長いスツールにすわらせ、自分はサディーラの前に立って朗誦《ろうしょう》を始めた。

口から紡《つむ》ぎだされる詩のことばといっしょに、ファリンが今まで表現できなかった愛と情熱がほとばしりでた。

詩が終わった。サディーラはスツールから立ち上がり、ファリンの手をとった。

まるでひとりの人間になったかのようだった。ふたりは同じ気持ちで、同じ鼓動《こどう》で、同じ声で、同じ感動をもって、同時にいった。

「あなたが、すき」

そして、抱《だ》き合った。

ファリンは、テヘラン上空に10キロメートルも舞《ま》い上がったようだった。

サディーラがあたしを愛してる！　この、いいようもなくすてきで、神々しいほど美しい少女が、あたしを愛してる！

ファリンは、モスクの尖塔《せんとう》から尖塔《せんとう》にとびうつりながら、踊《おど》りまわりたかった。歌いたかった。イランじゅうのスピーカーで高らかに宣言したかった。「サディーラはファリンを愛してる！ファリンもサディーラを愛してる！」と。

ふたりがキスしていたとき、ドアの閉まる音がした。てっきり、ふたりきりだと思っていたが、だれかが見ていたのだ。

見られてもかまうもんか。

幸せの頂点で、ファリンはそう思った。

そして、もう一度、サディーラにキスした。

14

「たしかに、見たんです」

そういったのは、もちろんパーゴルだ。パーゴル以外にだれがいるだろう？　生徒が問題を起こしそうな場所をこっそり見てまわってつかまえるのは、級長の役目なのだから。法律で禁じられているファッション雑誌を見ている生徒、スカーフをきちんとかぶらずに髪《かみ》の毛を見せている子、スカーフで「目《め》隠《かく》し鬼《おに》」をして遊んでいる下級生、そんな生徒たちをパーゴルは片っ端《ぱし》からつかまえた。違《い》反《はん》者《しゃ》が見つからないときは、違《い》反《はん》をでっちあげてでも。「知らないの？　ここは火曜日には生徒の立ち入り禁止なんだよ。さあ、早く出て。今度つかまったら、呼びだしだからね」

「わたしたち、三角法の予習をしてたんです。生徒は体育館で勉強してもいいことになっています。本を広げる場所もあるし、静かなので集中して勉強できるんです」とサディーラが弁明した。

「あんたたち、勉強なんかしてなかったじゃないか」とパーゴルが大声でいった。

ファリンは反論した。

「あたしたち、ちょっと休んでいただけです。サディーラが、集会のときにあたしが暗誦《あんしょう》した詩を最後まで聞きたいっていったんです。あたしたち、ずっとすわりっぱなしだったから、ちょっとステージに上がって……。それに、その詩はルーミーの詩です。しかも、その日はルーミーの日だったし……」

最後のこのことばをいいながら、ファリンは、校長室のすわり心地の悪そうな椅子《いす》にすわっている父親と母親に顔を向けた。サディーラの父親も、やはり校長室に呼びだされていた。すわっている椅子《いす》は、ファリンの両親のよりいくぶんすわり心地がよさそうだったが、ファリンの両親におとらず、不愉快《ふゆかい》きわまりないという顔をしている。

「あたしが目撃《もくげき》したのは、吐《は》き気がするようなことです。女の子同士では絶対にやっちゃいけないようなこと。このふたりは、変態です！」とパーゴルがいっそう声を張り上げた。

驚《おどろ》いたことに、ファリンの母親が口を開いた。

「うちの娘《むすめ》が変態?! ファリンはこの学校にずうっと通ってるんですよ。わたしだって、この学校の卒業生です。革命の……その……、とにかくずっと以前のことですけど。今の級長がどこの出身か知りませんけど、これだけははっきりしています。この学校に変態がいるとしても、うちの娘《むすめ》じゃないことだけはたしかです！」

母親の発言はなんの助けにもなっていない。かえって逆効果だ。

母親は腹を立てているだけなのだ。教養もないいなか者に乗っとられた場所にむりやり呼びだされたことに。さらに、自分が口をすっぱくしていっていたにもかかわらず、娘《むすめ》がこんなことで注意を引いてしまったことに。

父親も怒《いか》り狂《くる》っている。校長室に入ってきて一度もファリンのほうを見ない。両親が怒《おこ》っているだけなら、どうにでもやりすごすことができる。とくに母親の怒《いか》りは日常茶飯事だから。

だが、問題はもっと深刻そうだ。この前祖母に警告されたことに関わっているからだ。祖母のいうように、自分の将来は台無しになるんだろうか？

「お聞きしますが、卒業後、娘《むすめ》さんがたをどうなさるおつもりですか？ 何かもうご計画がありますか？」と校長が聞いた。

「つまり、ファリンをどの大学に入れるかということですか？」とファリンの父親がたずねた。

「結婚《けっこん》のことよ。もう婚約《こんやく》させてるかどうか知りたいのよ。よけいなお世話ですって、いってやって」と母親が噛《か》みつくようにいった。

「ご自身でおっしゃったらいかがですか？　わたしは目の前にすわっていますよ。わたしの申したいのは、もし婚約《こんやく》させていないのであれば、すぐにさせたほうがいいということです。もし婚約《こんやく》させているなら、結婚《けっこん》の日どりを早めるようお勧《すす》めします。娘《むすめ》さんたちは頭がいい。ちゃんとした結婚《けっこん》をすれば、尋常《じんじょう》でない傾向《けいこう》から救われるでしょう。この学校を中退する必要はありません。二、三か月のうちに卒業試験をうけられるよう、授業を前倒《まえだお》しにする手配もできます。そうすれば、卒業資格を持って結婚《けっこん》することだってできるのです」

ファリンはパニックになりそうだった。この小さな校長室の中で、ことがどんどん進んでいく。しかも、本人をまったく無視して。

サディーラの父親は、サディーラをむりやり結婚《けっこん》させるつもりだろうか？　うちの両親は、まさか本気で結婚《けっこん》させることなんか考えてはいないはずだが……。だって、両親とも、考えは新しくて西洋的だ。それに父親は、祖母にファリンの結婚《けっこん》を勧《すす》められて怒《おこ》っていたではないか。

サディーラは、父親の横にうつむいて立っていた。あのとき、あの場所で、ファリンはサディーラに誓《ちか》ったのだ。サディーラの結婚《けっこん》を食いとめるためなら、なんでもすると。自分たちは愛し合っているのだから、ずっといっしょにいるのだと。

そうだ、ふたりで逃《に》げよう。母さんのお金を盗《ぬす》んで、アーマドに車でトルコまで送らせよう。ファリンの目に、逃《に》げる自分たちのすがたがありありと見えた。ふたりで馬に乗って砂漠《さばく》を渡《わた》り、国境は夜中に歩いて越《こ》える。国境警備隊に気づかれないように物音ひとつ立てず、腹ばいになって……。

逃走劇《とうそうげき》に没頭《ぼっとう》していたファリンは、校長の声に驚《おどろ》いてわれにかえった。

「わたしたちは、こんなことを学校でゆるすわけにはいかないのです。それでなくても、この地区には、女子を教育して自信を持たせたら不謹慎《ふきんしん》な問題を引き起こすにちがいないと思っている男性がたくさんいるのです。もし、この種の不道徳がはびこっている、などといううわさが流れたら、この学校が非常に困ったことになりますから」

「不道徳？」ファリンは思わず聞きかえした。だまっていたほうがいいとは知っていたが、口にださずにはいられなかったのだ。「あたしたち、愛し合ってるだけです。だれも傷つけていません。これは、あたしたちふたりのことで、ほかの人にとやかくいわれることじゃありません」

だが、校長はファリンを完全に無視して話をつづけた。

「本当は、退学にしなければならないところですよ。でも、ふたりとも成績はトップクラスですし、将来も有望です。たぶん今回のことは、若い時期に経験する一過性のはしかのようなものでしょう。ですから、今後二、三か月のあいだは学校に残って、卒業を繰《く》り上げるためのカリキュラムをうけることを許可します。ただし、ふたりとも保護観察下に置きます。もしふたたびこういうことが起こったら、もうわたしどもの手には負えませんからね」

「当局には報告しないんですか？」こう聞いたのは、パーゴルだった。ひどくがっかりしたと見えて、まるでひっぱたかれたような顔をしている。

「しません。最後にいっておきますが、パーゴルがこの問題を発見してくれて、わたしはとても感謝しているんです。級長たちの目や耳がなかったら、この学校がまともに運営できるかどうか疑わしいくらいですよ。パーゴル、あなたにもうひとつやってほしいことがあります」

パーゴルが、ぴんと背筋《せすじ》を伸《の》ばして返事した。

「なんでもやります、校長先生」

「クラスの何人かを指名して、観察隊を編成してほしいの。あなただって、四六時中このふたりを見張ってるわけにもいかないでしょうからね。自分の勉強や用事もあるでしょう。だから、その観察隊に、交替《こうたい》でファリンとサディーラを監視《かんし》させなさい。そして、もしなんらかの逸脱行為《いつだつこうい》を見つけたら、すぐにわたしに知らせるように。以上のことをやってくれますか？」

「もちろんです、コブラ先生」

「ありがとう。さあ、ファリンにサディーラ、これがわたしの決定です。あなたたちは学業をつづけなさい。引きつづきよい成績をとるのです。でも、授業に必要なこと以外、教室の中でたがいに口をきいてはなりません。いっしょにいてもいけないいし、いっしょに勉強することもなりません。卒業を早めるためのカリキュラムを組みますから、はっきりいって、勉強する以外何ひとつするひまはないと思いますよ。念を押《お》します。二度とふたりきりになるんじゃありません。いいですね？　今すぐ、これに同意しなさい。さもないと、即刻《そっこく》退学です」

これではどうしようもない。ファリンは仕方なくいった。

「わかりました、コブラ先生」

サディーラは、ただうなずいて同意した。

「もう一度いいます。これ以上の逸脱《いつだつ》があったら、単なる退学や教育機関からの排斥《はいせき》では終わりませんよ。このようなことは、自然界の秩序《ちつじょ》に反することです。公序良俗《こうじょりょうぞく》に対する背信行為《こうい》だと見なされますよ。このことは、しっかり心にとどめておいてもらいます。何か質問がありますか？」

だれも何も質問しなかった。校長が手をひとふりし、みんなは退室した。

一度も顔を上げないまま、サディーラは父親と歩き去った。

ファリンは呼びとめる勇気がなかった。

両親と車で家に帰るあいだ、ファリンは体がどんどんどんどんしめつけられていくような気がした。家に帰りついたときは、まるで巨大《きょだい》な万力にでもはさまれているようだった。

母親は、押《お》しだまったままファリンを二階の部屋まで追ってきたが、うしろ手にドアを閉めると、ようやく口をきいた。

「これまで、あなたにはどこかおかしいところがあるとは思ってたけど、こんなことになろうとは夢にも思わなかったわ。今までできるかぎりの物をあたえたし、できるだけのことをしてやった。それに対する仕打ちが、これなのね。今すぐ、あなたのお父さんに、あの猿《さる》みたいな親戚《しんせき》との結婚《けっこん》を進めてもらうわ。さっさと嫁《よめ》に行って、山羊《やぎ》といっしょに暮らしてちょうだい。そうすりゃ、少なくともわたしたちにこれ以上迷惑《めいわく》かけないでしょ。あの人がやらなかったら、わたしが自分でやってやるわ。まったく、あなたなんか、死んでくれたほうがいいくらいよ。うちの親族にどう顔向けすればいいのよ?! それに、あなたのお父さんにだって。ええ、わかってるわよ、あなたがわたしを軽く見てること。でも、少なくともお父さんのためだと思って、ちゃんとしたふるまいができないの？　あなたは怪物《かいぶつ》よ。変態よ。もし、これ以上この家に恥《はじ》をもたらすようなことをひとつだってしてしたら、あなたとは縁《えん》を切るわ。どういう意味かわかってるわよね。頭がいいんだから、わかるはずよ」

そういうなり、母親は部屋を出て、激しくドアを閉めた。そのあとすぐに、アダが箱をいくつも持って入ってきて、ファリンのビデオやカセットテープや本をどんどん詰《つ》めこんだ。アダはファリンのほうを一度も見ないまま、その全部を持って部屋を出て行った。

ファリンはひとり部屋に残された。

ベッドに上がり、声を立てて泣いた。

その夜、ファリンは窓辺にすわった。九時の月は見えなかった。

でも、月は空にあるはず。

サディーラは、わすれず見てくれているだろうか。

15

親愛なるファリンへ

この手紙を書くこと、ゆるしてね。これは、わたしたちを引き離《はな》すという規則に反すること。でも、この規則自体が悪いんですもの！　せめてペンと紙であなたと会うことができなかったら、わたしのこの先の人生は、みじめさ以外の何ものでもないわ。

この手紙がいつ、あなたにとどくか、いいえ、本当にとどくかどうかも、わからない。あなたが更《こう》衣室《いしつ》の自分の物入れを見ないかもしれないんだもの。それに、わたし、この手紙をちっちゃくちっちゃく折りたたんで、その物入れに入れるつもりだから、あなたは見すごすかもしれない。ゴミだと思ってゴミ箱に捨てるかもしれないわ。

でも、わたしは、そんなことには絶対にならないって信じてる。あなたへの愛が、わたしの胸からこのインクに流れこんで、あなたをきっとこの手紙に引きつける。あなたはけっして見すごすことはできないのよ。

もし返事を書きたくないと思ったとしても、わたし、かまわないわ。だって、とても危険なことですもの。でも、もしかして、あなたがもうわたしを愛していないのだとしたら、すべての望みは消えてしまう。わたしはあきらめて、暗黒に身をまかせるわ。でも、それでも、あなたと知り合ったすべての瞬間《しゅんかん》は、いつまでもわたしの宝よ。

愛してるわ。この愛は、わたしに喜び以外の何ものももたらさない。たとえ、あす何が起ころうとも。

すべての愛をこめて

サディーラ

親愛なるサディーラ
あなたの手紙は、本当にあたしの注意を引いた！　手紙を書くなんて、すごい勇気だよ！　あなたって、なんて強いの！　あなたの愛は奇跡《きせき》にも等しい。あたし、毎日感謝してる。

この数日は、考える時間がたっぷりあった。家の中は静かだし、両親が、あたしのすきだった物を使用人に全部持っていかせたから、テレビも「ナイト・ストーカー」のビデオも、本もラジオもカセットテープもなくなった。両親はわたしを罰《ばっ》してるつもりだろうけど、本当は、逆。わたしにとっては、かえって幸いなんだ。

今、手もとにあるのは、あたしが書いた悪霊《あくりょう》ハンターの本と、あなたとの思い出だけ。もしこれが生涯《しょうがい》持てるすべてだとしても、じゅうぶんってもんよ。でも、あたし、この世を支配してる悪霊《あくりょう》どもには屈《くっ》しないから！

ねえ、あたし、学校でいつもあなたのすがたをさがしてるんだよ。なんとかして会えないかな……。

愛をこめて
ファリン

・・・・・・・・・・・・・・・・・・・・・・・・・

親愛なるファリン

パーゴルの手下の野良犬たちが、一秒のすきもあたえずにわたしを見張ってる。しかも、それを楽しんでるの！　何度もあなたに手紙を渡《わた》そうとしたけど、だめだった。見られていないと思った瞬《しゅん》間《かん》、どこからか手下の軍団が現われるのよ。

その子たち、笑ったり、わたしのまわりをとびはねたりして、「サディーラ、いったいどこ行くの？　ファリンに会いに行くつもり？」なんていうの。そんなふうにいわれると、つい、まるで悪いことしたみたいな恥《は》ずかしい気持ちになってしまう。でも、心の奥《おく》ではちゃんとわかってる。わたしたち、自分を恥《は》じるようなことは何ひとつやってないって。あの子たち、幼すぎて、わからないのよ。密告しようと他人を見張ることが、自分たちの品性にどういう影響《えいきょう》をあたえるか。わたしはむしろ、あの子たちの将来がこわいわ。イランの未来も。

わたしたちは、だれも傷つけたりしていない。国家や革命に対して、何も悪いことはしていない。もし、女の子が愛し合うことが革命をおびやかすとしたら、そんな革命なんて、たいしたものじゃないのよ。わたしたちで、新しい革命、起こしましょうよ！

この手紙、きっとあなたにとどけるわ！　きっと！

愛してる

サディーラ

追伸《ついしん》：わたしが咳《せき》を三回したら、「愛してる」って合図だと思って。

・・・・・・・・・・・・・・・・・・・・・・・・

愛するサディーラへ

パーゴルが、ラビアの代わりに学校代表の生徒になったのを見て、へどが出そうだった。うんざりすることだらけの全校集会で、ただひとつだけよかったのは、体育館を並んで出るとき、あなたが一生懸命《けんめい》あたしに近づいてくれたことよ。

あなたを抱《だ》きたくてたまらない！　もちろん思い出はあるけど、思い出だけで終わらせたくない。

あなたと未来を共にしたい。

絶対に何か方法があるはずだよ。あたしたちは真剣《しんけん》で、ただいっしょにいたいだけだってことをみんなにわかってもらう方法が。あたし、いろいろ考えたんだよ。あたしたちに対する仕打ちに、どうやって抗議《こうぎ》しようかって。でも、どの方法もかならずうまくいかない点があって……。

たとえば、ハンガーストライキ。でも、すぐにだめだってわかった。だって、だれも気がつかないかもしれないし、もし気づいても知らん顔されるかもしれない。

勉強を拒否《きょひ》するっていう方法もある。でも、これもだめ。そしたら、親はさっさとわたしたちを結《けっ》婚《こん》させちゃうだろうし、高校も卒業できないとなると、人生の選択肢《せんたくし》はほとんどなくなる。

じゃあ、だれかに訴《うった》える？　でも、いったいどこのだれに？　たがいに愛し合ってるあたしたちのことを、変な目で見ないで、いっしょに暮らせるように助けてくれる力を持った人なんて、いったいどこにいる？　結局、だれも助けてはくれないんだよ。

でも、逃《に》げだすって方法もあるよ。ほら、前にもいったよね。どうやってやればいいかはわからないけど、とにかくテヘランを出るか、イランを脱出《だっしゅつ》する方法をさがして。どこかはわかんないけど、あたしたちのことを放っておいてくれるようなところが、きっとどこかにあるはずよ。あたしたちをすきになってくれなくてもいい。ただ、あたしたちをあたしたちのままでいさせてくれれば。

ところで、うちの親、あたしを徹底的《てっていてき》に侮辱《ぶじょく》するために、「悪霊《あくりょう》ハンター」のノートをとっていって、全部焼いちゃった。あたしのこと、心底きらいなんだね。

すべての愛をこめて
ファリン
追伸《ついしん》：あなたの小さな三度の咳《せき》、あたしには世界一崇高《すうこう》な音楽よ！

・・・・・・・・・・・・・・・・・・・・・・・・・

親愛なるファリンへ
わたしだって、あなたが考えたことはすべて考えてみたわ。そして、やっぱり同じ結論に達した。わたしたちがさけんでも、だれも聞こうとしない。餓死《がし》しようと、だれも気づかない。勉強を拒否《きょひ》したところで、わたしたち以外は痛くもかゆくもない。
そうね、ひょっとしたらどこかに消えてしまえるかも。たぶん、わたしたちが消えても、だれも気にしないと思う。むしろ、かえって喜ぶかもしれない。もうすでに、うちの父は、まるでわたしが死んだみたいにふるまってるの。わたしたちがいなくなろうがなるまいが、だれにも関係ないわよ。わたしたちには、子どももいないし、夫もいないし、なんの責任もないわ。ふたりで逃《に》げだしたって、だれがかまうものですか！

でも、これって、子どもっぽい考えよね。わたしたち、もう子どもでいることはできないのよ。

みんながなぜわたしたちのことに首をつっこむのか、わたしには理解できないけど、それは事実よ。

もし逃《に》げだそうとしてるところをつかまったりしたら、わたしたちふたりにとって、ものすごく悪いことになるって予感がする。

　いったいどうすればいいの？　逃《に》げれば、つかまる。とどまれば、未来はない。

　それでも、あなたを愛することには、このうえない価値があるわ。

愛をこめて

サディーラ

追伸《ついしん》：　あなたの創作ノートのこと、ひどいわね。でも、また書けるかもしれないじゃない？

親愛なるサディーラ

あなたがそんなに悲しんで、落ちこんでるなんて！　あなたはまさに光で、音楽で、ジャスミンで、とにかくすべての美しいもののはずなのに。あなたには少しの影《かげ》も似合わない。あなたのやさしい顔に冷たい風が当たるなんて、考えただけでもゆるせないよ。

さっき、あたしたちの九時の月を見た。見れば幸せになるはずだったのに、月は冷たくていじわるで、あたしたちがいっしょになれないのをあざわらってるみたいだった。

もう、あなたに会わなきゃ、だめ。こんな手紙のやりとりは危険だし、あまりにも行き当たりばったり。もしだれかの手に渡《わた》ったりしたら、一巻の終わりだよ。きのうのことは、本当に奇跡《きせき》みたいな偶然《ぐうぜん》だもの。あなたが物理の問題をくばるようにあてられたってことも、あたしの机のそばを通るとき、持ってた手紙をさりげなくあたしに渡《わた》せたってことも！　それにしても、あなたの勇気には、ほんとに驚《おどろ》く。

もし、こっそり会えるように手配できるとしたら、どうする？　危険をおかす気、ある？

すべての愛をこめて

ファリン

・・・・・・・・・・・・・・・・・・・・・・・・

親愛なるファリン

わたし、さびしい！　もしも母が生きていたら、わたしを助けてくれたでしょうに。きっと。

今まで、学校の勉強は楽しかった。でも今は、呪《のろ》われたものになってしまった。だって、ひとつの課が終わるごとに、あなたと同じ屋根の下にいられる時間がどんどんなくなるってことなんですもの。

わたしの生きがいは、ちらっと見えるあなたの顔、授業中に質問にこたえるあなたの声、わたしの咳《せき》にこたえるあなたの短い三度の咳《せき》、それだけよ。

卒業したら、わたしたち、終わりね。二度と会うことはないと思う。

このことが、やっとわかったわ。

二度と会えないんなら、死んだほうがましよ。

もちろんよ、わたし、どんな危険をおかしても、あなたに会うわ。

愛をこめて
サディーラ

・・・・・・・・・・・・・・・・・・・・・・・・・・

親愛なるサディーラ

今回のことがあって、しばらくのあいだは、うちの両親、自分たちのくだらない社交をひかえてたけど、今はまたもとにもどってる。もともとおたがいがすきじゃないから、毎晩ふたりきりで、しゃべる相手がほかにいないってのに、もうがまんできないんだね。

あたしは今、ものすごくいい子にしてる。母にも口答えしないし、父には会わないようにしてる。そもそも、父はいまだにあたしと口をきこうとしない。あたしは不平なんかいわず、勉強ばっかりしてる。

たぶん、父も母も思ってるんじゃないかな。前みたいに、あたしのこと、わすれていられそうだって。

近々ふたりは、またくだらないパーティーをするらしい。一年で一番くだらない日、十月三十一日に。あなた、その晩、家からこっそり出られる？　あたし、アーマドを説得して、あなたを車で拾ってあたしの部屋につれてくるって約束させたんだ。あたしたち、二、三時間くらい、ふたりきりになれるよ。それから、アーマドがまたあなたを送っていって、あなたはお父さんが気づかないうちに家にもどるってわけ。

この計画、どう？

愛をこめて
ファリン

・・・・・・・・・・・・・・・・・・・・・・・・

親愛なるファリン

父はもう、わたしにほとんどなんの注意も払《はら》ってないの。だから、わたしがいなくなったところで、気づくとは思えないわ。食事すら、いっしょにしないんだもの。わたしが食事の支度をして、トレーにのせて台所を出るの。それから、やっと父が台所に入ってきて、トレーを持って自分の部屋に行って、ひとりで食べるのよ。

知ってると思うけど、うちの家の出入り口って、父の部屋にひとつあるきりだから、家から出ようと思ったら、父の部屋を通るしかないの。でも、わたしの部屋の網戸《あみど》をはずせば、そこから外に出られるわ。

アーマドさんを何時にどこで待てばいいのか教えて。わたし、きっとそこに行くから。たとえ、二、三時間でもいい。いっしょにいられれば、生きていく希望がもてるわ。

あなたもわたしも、一人前の人間よ。両親の所有物じゃないし、夫になる男や、革命や、とにかくだれの所有物でもないのよ。そりゃ、わたしたちはひとつの国に生まれ落ちて、ある文化や歴史や社会の一員だし、そんなものがわたしたちの一部であることはたしかよ。

でも、一番重要なことは、どう生きたいのか自分で選ぶ権利があるってことよ。生命だけは、みな平等にあたえられてる。それぞれがひとつの生命を。わたしたち、両親にも革命にも敬意を払《はら》わなくちゃならないけど、わたしたちのすべてが、両親や革命のおかげってわけじゃないわ。それなのに、もとめられているのは、すべてなのよ。

わたしはあなたを選ぶ。それは、あなたがすばらしい人だからとか、あなたがわたしを愛してくれるからじゃない。

わたしがあなたを選ぶのは、あなたを選ぶっていう行為《こうい》が、わたし自身の行為《こうい》だからよ。それがわたしの選択《せんたく》、わたしの自由な意思だからよ。

わたしは、父よりあなたを選ぶ。わたしは、国よりあなたを選ぶ。

そして、たとえ、あなたがわたしを選ばないってきめたとしても、それでも、わたしはあなたを選ぶわ。

なぜって、あなたを選ぶってことは、わたし自身を選ぶってことだから。

約束の時間と場所。教えてね。かならず行くわ。

すべての愛をこめて
サディーラ

・・・・・・・・・・・・・・・・・・・・・・・・

16

「ハッピーバースデー！」

奥《おく》の居間で、おおぜいのおとなたちが、イランの元皇太子の写真に向かってグラスを上げた。

この元国王の長男が、イランがふたたび文明国になるのを待ちかねている母親の、最も大きな希望なのだ。

写真の中の皇太子の襟《えり》には、紅茶のしみがついている。

古い写真で、写真の皇太子はまだ子どもだ。以前は、写真の額縁《がくぶち》にはガラスのカバーがあったのだが、去年の誕生日パーティーのとき割れたのだ。飲みすぎた客が小さなテーブルに倒《たお》れこみ、その上に置いてあった写真やほかの物を倒《たお》してガラスを割ってしまった。それらを片づけるとき、冷めた紅茶が写真の上にとびちったのだ。

ファリンはよそいきを着て、おつまみの入ったトレーを持ってまわった。ロールケーキ風サンドイッチのレシピは、あのアタッシュケースの男が持ってきたアメリカの古い月刊婦人雑誌にあったものだ。客たちはみな、そのサンドイッチを「なんておしゃれなんでしょう！」とほめちぎった。ファリンもつまんでみたが、味はなんてことない、ただのサンドイッチだった。

トレーを運びながら、ファリンはドアから目を離《はな》さなかった。

にこにこした従順な娘《むすめ》を演じることが、両親に対するファリンなりの償《つぐな》いだった。つまり、すべてが、ファリンの幼いころ、疑うことを知らなかったころにもどったことを証明すること。今では、母親も、そのきれいに着飾《きかざ》った従順なファリンが本当のファリンだと思っているらしい。

ファリンにあれこれ命令し、ファリンがいわれたとおりにしても少しも驚《おどろ》かない。

父親は校長室に呼びだされた日から、ファリンにまだひと言も口をきかない。ファリンも、あれ以来父親を避《さ》けていた。

今夜も、父親は仕事関係の客たちと冗談《じょうだん》まじりに話をしているが、ファリンがトレーを差しだしても見向きもしない。だが、その冷たい仕打ちにほとんど気づかないほど、ファリンは別のことに気をとられていた。

ドアがあくたび、ファリンはさっとそちらに目を向けた。だが、いつも現われるのはアダ。アダが台所から食べ物を運んでくるか、客の到来《とうらい》を知らせるかだ。

何か、まずいことになってるのだろうか。心配しながらも、ファリンはほほえみとていねいな物言いを忘れなかった。

なんてくだらない人たち。食べ物をうけとって、学校はどう?なんてどうでもいい質問をして……。今まで何も真剣《しんけん》に悩《なや》んだことのないあなたたちみたいな人には、こうやっておとなしく手伝いをしてるこの娘《むすめ》が、今からとんでもない反抗《はんこう》をするなんて、想像もできないでしょうね。

でも、どうしよう? うまくいきそうにない。サディーラがこない。サディーラに会えない。

そのとき、ドアがあいて、アーマドが入ってきた。

アーマドはファリンに小さくうなずいたが、それは、ファリン以外だれにもわからないほど、かすかなしぐさだった。

「アーマド、どうかしたのか?」と父親がやってきた。

「いえ、車を洗って、あすの準備が完了《かんりょう》したことを伝えたかっただけで」

「それはいつもの仕事だろう。ほかに何かあるのか?」

「いえ、何もありません」

「じゃあ、いつまでも客をじろじろ見てるんじゃない」

アーマドは部屋を出て、うしろ手にドアを閉めた。ファリンはさもいそがしそうに、トレーに小さな菓子《かし》類を足した。トレーから目を上げなくても、父親がじっとこっちを見ているのがわかる。ほんの一、二メートル先の床《ゆか》に父親の足があって、つま先がこちらに向いているからだ。

ファリンはトレーの菓子を何度も並び替《か》えた。今顔を上げたら、自分が隠《かく》し事をしていることを父親に見ぬかれてしまう。

そのとき客が父親を呼んだので、やっとつま先は向こうをむき、足は歩き去った。

ファリンは、そのまましばらく客間に残っていた。客と楽し気に会話し、リクエストに応じてピアノで歌の伴奏《ばんそう》さえした。そのうち、ファリンが客の注目をひとりじめにしているのにいらだって、母親が客に呼びかけてスピーチを始めた。そのすきにファリンは部屋をぬけだした。

階段を矢のようにかけあがり、自分の部屋に入る。

つぎの瞬間《しゅんかん》、ファリンはサディーラの腕《うで》に抱《だ》かれていた。

ふたりは立ったまま抱《だ》き合った。何もいわず、ひとつになった胸の鼓動《こどう》に合わせるように、かすかに揺《ゆ》れながら。

「やっぱり、手紙より、このほうがいいわ」とやっとサディーラが口を開いた。

「すっごく会いたかった。いっしょにいられもしないし話もできないなんて、むり。拷問《ごうもん》だよ」

そのとき、だれかがドアのノブをガタガタやったので、ふたりはとびあがって身を引き離《はな》した。ドアにかぎをかけたことはわかっていたが、ファリンは不安で胸が苦しくなった。

「ここ、お手洗い？」廊下《ろうか》から女性の声がした。

「お手洗いは、一階のドアのそばです」とファリンは返事した。

「あら、ファリンなの？　あなたって、ほんと、いい子ね。ご両親の宝だわよ」

声の主がわかったので、ファリンはあらためていった。

「ありがとうございます、ハーフィズィさん。わたし、もう寝《ね》るところなんです。ちょっとつかれたので」

「ぐっすりお休みなさいな、お嬢《じょう》さん！」

ハーフィズィさんはそういうと、まるで何か気のきいたことでもいったみたいに、ひとりで高わらいした。ファリンとサディーラは、わらい声が階段を下りていくのを息をこらして聞いていた。

「ハーフィズィさん、ごきげんだったね。今夜は、みんなで元皇太子の誕生日パーティーをやってるんだよ」

「皇太子がここにいるの？　あなた、お母さんが元国王の支持者だっていったけど、ここに皇太子をつれてきたとなると……」

思わずファリンはわらいだした。

「心配ないって。皇太子は、革命前からアメリカに渡《わた》ったきりだから、お祝いをうけているのは、紅茶のしみのついた皇太子の写真。反革命的なものなんて、それくらいなもんよ」

サディーラがほっとしたように、ベッドの端《はし》に腰《こし》を下ろした。

「わたしのこと、怒《おこ》らないでほしいの」

「怒《おこ》る？　あなたに怒《おこ》るなんて、あたしにはむりよ」ファリンはサディーラのそばにすわった。

「わたしがしたことを聞いたら、むりじゃなくなるかもよ」

いったいなんのことをいっているのか聞こうとしたとき、本棚《ほんだな》のそばに置かれたサディーラの大きな手提《てさ》げ袋《ぶくろ》が目に入った。

「わたし、家を出たの。本当に家出してきたのよ。わかってるわ、わたしたちの計画は、あすの朝、アーマドがまずわたしを車で学校に送って、それから、またもどってきてあなたを学校に送る。何事もなかったように。そういう計画だったわよね。でも、わたし、家を出なくちゃならなかったの。父がわたしの結婚《けっこん》をきめてしまったのよ。結婚式《けっこんしき》も、もう来月にきまったわ。父は、わたしを卒業させもしないつもりなのよ！」

ファリンは片手でサディーラの肩《かた》を抱《だ》いて、体を寄せた。

サディーラがふたたび話し始めた。

「父は、校長室に呼ばれたあの日から、わたしに口をきいてないの。ひと言も。また自分の悲しみの中にひきこもってしまってるの。前よりずっとかたくなに。わたしが家の中にいても、まったく目に入っていないみたい。まるでわたし、幽霊《ゆうれい》よね」

ファリンは親友に両腕《りょううで》をまわして、やさしく揺《ゆ》すった。

「わたしが自分の結婚《けっこん》のことを知ったのも、父とラビのサイードさんが口論してたのが、たまたま聞こえたからなの。サイードさんは、父を説得して結婚《けっこん》のことを考えなおさせようとしてたんだけど、父はまったく耳をかさなくて、とうとう、ひどいいい争いになって！　わたしのせいで、ふたりの長年の友情まで台無しになってしまったのよ。わたしが犯した罪のリストに、また新たな罪が加わったわ」

ファリンはこれからのことを考えるのにいそがしくて、サディーラの嘆《なげ》きもうわの空だった。

「あなたのお父さん、あなたがいなくなったのに、いつ気づくかな？」

「夕食のときでしょうね。だって、夕食ののったトレーが出てこないんですもの。でも、ひょっとしたら、それよりあとかもしれない。ときどき父は、三食とも外食したりするから。わたしと顔を合わせたくないいばっかりにね。ねえ、わたしをテヘランから逃《に》がしてくれない？　本当は、あなたをわずらわせるのは、とってもいやなの。あなたも、ご両親とのことでたいへんなんですものね」

「あなたが家を出るんなら、わたしもいっしょに出る」

ファリンには考える必要もないことだった。ふたりがいっしょに行くのは、当然ではないか！

サディーラは両手を広げると、ファリンをぎゅっと抱《だ》いた。そして、ほっとしたのか、泣きじゃくり始めた。ファリンはサディーラの肩《かた》をなでてなぐさめた。だが、いつまでもそうしてはいられない。

「すぐ計画立てなきゃ。それに、お金もいる」

今、この部屋にお金がいくらあるだろう？　ほかに、母親が小銭をしまっている場所も知っている。貧しい人に施《ほどこ》したり、急に買い物に走ったりするときのためのお金だ。みんなが寝静《ねしず》まれば、それをこっそりとってこられるとはいえ、たいした額ではないだろう。

やはり、両親のお金に手をつけるしかない。でも、親から金を盗むのかと思うと、気がめいった。

そこで、ファリンはこう理由づけた。

もし、あたしがここにいたら、両親はあたしのためにいろんなことにお金を払《はら》わなくちゃならない。たとえば、学校の教材とか、服とか、食べ物とか。それに、結婚《けっこん》させるにしても、そのための費用を払《はら》うことになる。だから、今夜、少々お金をいただいたとしても、そんな費用にくらべたら、たいした額ではないはずだ。

もちろん、そんな理屈《りくつ》はこじつけだとは、ファリンにもわかっている。でも、たとえ道徳に反することだとしても、これはやらなければならないことなのだ。もし家を出ることができてどこかで暮らすことになれば、きっとさらにお金がいる。だから、お金は多ければ多いほうがいい。

「わたし、自分の金《きん》のネックレスを持ってきたわ」とサディーラが首にかけた細い金《きん》の鎖《くさり》を見せた。

この国の女の子は、誕生日や正月などの祝いのたびに、金《きん》でできたアクセサリーをよくプレゼントされる。大きくなって結婚《けっこん》するときに、それが持参金の足しになるのだ。

「たぶん、現金のほうが役に立つと思うけど、金《きん》もあったほうがいいよね」とファリンはいった。

ふたりは、ファリンが用意していた食べ物と飲み物をとりだし、ベッドにすわって食べながら計画を練った。

「今度のことでは、アーマドをあてにしたくないな。今までのところは信用できたけど、でも、それは、アーマドが食料をくすねて仲間に渡《わた》してることを、あたしが父にいわずにいるからなんだよ。今回のことは重大すぎる。アーマドの助けを頼《たの》まずに、あたしたちでなんとかやらなくちゃ」

考えれば考えるほど、いろんな困難が見えてきた。学校の制服を着て通学時間に通学路を歩いているかぎり、たとえ女の子だけだとしても、そう人目もひくことはない。だが、女の子が私服すがたで通学時間でもないときに外を歩いていたりすれば、革命防衛隊に逮捕《たいほ》してくださいと頼《たの》んでいるようなものだ。

かといって、ふたりを喜んで乗せてくれるようなタクシーをさがすのも、むずかしいだろう。自分たちは姉妹だといったとしても、タクシーの運転手は、なぜ父親や兄弟を伴《ともな》わずに外出するのか知りたがるにちがいない。さらに、ハイウェイには検問所がいくつもある。バス乗り場にもある。行く先々で、たくさんのおとなに山のような質問を浴びせられるのはまちがいない。

ふたりは熱心に話し合った。サディーラの袋《ふくろ》の中身を調べ、またファリンの持ち物を調べて、どれを持っていくべきか相談した。

「運びやすくなくちゃならないから、食べ物と飲み物とお金以外は持っていけないんじゃないかな。旅行用のバッグなんかいくつも持ってたら、すごく目立ってしまうし」

「わたしたち、どこへ行けばいいのかしら？」とサディーラが途方《とほう》に暮れたようにたずねた。

ふたりは、隣接《りんせつ》する国々をひとつひとつ考えてみた。イラクは？　いや、あの国でイラン人が歓迎《かんげい》されるとは思えない。それに、自分たちのアラビア語の知識なんか、コーランに出てくることばくらいなものだ。では、パキスタンは？　だめだ、きっとあの国では目立ってしまうだろう。じゃあ、アフガニスタン？　あそこなら、ペルシャ語を話す人が多いはずだ。でも、今もまだ内戦の真っ最中だ。それなら、トルコは？　たくさんのイラン人があの国を通って逃《に》げている。もしトルコに入ることができれば、そこからヨーロッパに渡《わた》ることもできるかもしれない。

「トルコよ。トルコが一番よさそう。トルコに入ってから、つぎの場所を考えればいい」

ふたりは、出発時間を日の出前ときめた。朝の一番寒いその時間なら、町の人々もまだぐっすり眠《ねむ》っているから、外を歩いても見つかりにくい。通りに人がいないあいだにかなりの距離《きょり》を歩くことができれば、日が昇《のぼ》って人々が起きだすころには、町からもう遠く離《はな》れているはずだ。そしたら、今度はバスに乗る。女子大生に混じって気づかれずに、さらに遠くまで行けるだろう。

ファリンは部屋のかぎをあけて、そっと廊下《ろうか》を見てみた。階下からおとなたちの歌う声が聞こえてくる。両親の部屋は廊下《ろうか》のつきあたりだ。ファリンはすばやくドアの前まで行き、ドアをあける前に中のようすに耳をすました。パーティーの最中に客が入りこんでいる場合もあるからだ。だが、今夜、部屋の中から物音は聞こえない。

中に入ると、ファリンはまっすぐ母親の宝石箱のあるほうへ歩いていき、母親が気づきそうにない小さなアクセサリーをいくつかとりだした。書き物づくえのペン置きの中に、お札とコインがいくらか置きっ放しになっている。クロゼットの中の母親のさいふには、さらにたくさん入っていた。ファリンは、見つけたお金を全部わしづかみにした。もっと部屋の中をさがしたい気持ちにかられたが、サディーラをひとり部屋に置いてきたのも気になる。

ファリンはだれにも見られず、自分の部屋にもどった。

ふたりは、荷物をできるだけ少なくするために、上着を二枚重ね着した。

「これ、いい考えだね。あたしたち外で寝《ね》なきゃならないかもしれないけど、これなら、じゅうぶん暖かいよ」

まもなく、できる準備は全部やり終えた。ファリンは目覚まし時計をセットして、ふたりはベッドに体を伸《の》ばした。

「時計はまくらの下に置いておこう。そうすれば、あたしたちにはベルが聞こえるけど、うちの親には聞こえないから」

ファリンはそういうと、部屋の電気を消した。暗い部屋の中で、ふたりは青白い月光を浴びて並んで横たわっていた。

サディーラがいった。

「わたしたちの月が出てるわ。ここを出ても、月は持っていかなくちゃね？」

「月はあたしたちのもの。わすれていくなんて、ありえないよ」

ふたりはしばらくだまっていた。ファリンが口を開いた。

「ねえ、こわいの？」

「それより、悲しいわ。あなたといっしょにいられるのは、うれしいの。でも、父を置き去りにするのは悲しい。父には、まったくわからないでしょうね、なぜわたしが出ていかなくちゃやならなかったか。悪い父親だったから出ていったとは、思ってほしくない。父はいい父親よ。わたしの結婚《けっこん》相手に選んだ人も、きっとやさしい人だと思うわ。だって、父が見立てた人ですもの。でも、わたしは結婚《けっこん》したくない。あなたといっしょにいたいの」

「だいじょうぶ、うまくいく。何が起きようと、きっとだいじょうぶだよ」

ふたりはベッドの上で体を寄せ合った。ファリンは一枚の毛布を自分たちの上にかけた。

「あたしたち、毛布も持っていかなきゃね。ひとりに一枚ずつ。昼間はショールみたいに肩《かた》にかけてればいいよ」

するとサディーラがクスクスわらった。

「ねえ、わたしたちがいなくなったのを知ったら、パーゴル、怒《おこ》るでしょうね？　子分のスパイたちも、見張る相手がいなくなっちゃうわね」

ふたりは小声で話しては、わらった。毛布の下で手をにぎりあい、身を寄せ合って温め合った。月が、ファリンの部屋の窓を左から右へと渡《わた》っていき、おだやかな、幸せな眠《ねむ》りをむさぼるふたりの上を、月光がすべるように動いていった。

革命防衛隊が部屋に押《お》し入ってきたときも、ふたりはまだ眠《ねむ》っていた。

17

「あたしたち、何も悪いことしてない！」

二の腕《うで》の痛さに耐《た》えながら、ファリンはさけんだ。

革命防衛隊の女性隊員に両側からものすごい力で二の腕《うで》をつかまれ、指の先の感覚がなくなってきている。

「しゃべるな。おまえの話なんか聞きたくない」と女性隊員がどなった。

「でも、これは何かのまちがいだよ。あたしたち、学校でも成績がいいんだよ。優秀《ゆうしゅう》な生徒の行く学校の学年でトップなんだよ。学校の生徒に聞いて。なんでトップの生徒が悪いことするの？」

ファリンはそういいながら、自分でも、わけのわからないことをまくしたてているなと思った。もちろん、成績がトップだろうと悪いことをする人間はいる。それでも、ファリンはひたすらしゃべりつづけた。しゃべればどうにかなると思いたかった。

「あたしたちふたりとも、三角法でもいい点とったんだからね。すっごくむずかしい単元で、いい点をとるにはものすごく勉強しなきゃならないんだから、悪いことする時間なんかないってば。だから、これ絶対、人ちがいだよ。うちの親に会わせて。どこにいるの？」

だれもこたえない。ファリンとサディーラをとりおさえている者以外の隊員は、ファリンの部屋をひっかきまわして何かをさがしている。

ファリンは身をよじって逃《のが》れようとした。だが、隊員のがんじょうな手は、ファリンをがっちりつかんだままビクともしない。首をねじって廊下《ろうか》を見ようとしたが、ドアの辺りが少し見えただけだ。

一方、サディーラはもがいたりしなかった。頭をたれて、じっと立っている。ちょうど校長室に呼びだされたときのように。

階下から、防衛隊にたてつく母親の声が聞こえてきた。

「なぜ写真が違法《いほう》なの？　写真というものが、どういう法律に反しているというわけ？　だいたい常識からしても……」

父親の低い声が何かいった。はっきりとはわからないが、母親を落ち着かせようとしているのだろう。

そのとき、なんの指令をうけたのか、革命防衛隊の女性隊員たちが急にファリンとサディーラを引っ立てて階段を下り、家を出た。ファリンは辺りを見まわして両親をさがしたが、すがたはなかった。

「父に会わせてもらいたい！」とファリンはさけんだ。

えらい人みたいにいばった態度をとれば、ひょっとして防衛隊員も耳を傾《かたむ》けるかなと考えたのだが、全然うまくいかなかった。

それどころか、ファリンとサディーラは男性隊員にとりかこまれ、トラックの荷台に押《お》しこまれた。たちまちトラックは闇《やみ》をついて走りだした。ふたりは静かにするよう命じられ、たがいに背を向けてすわらされた。トラックが疾走《しっそう》する。今ごろふたりが逃亡《とうぼう》するはずだった道を。

「なんで眠《ねむ》っちゃったんだろう」ファリンが口を開くと、「静かにしろ！」と隊員にバシッと頭をたたかれた。

「わたしは後悔《こうかい》してないわ」こたえたサディーラも頭をぶたれた。その音がファリンにはたまらなかった。

「あなたがすき！」ファリンは、さらになぐられるのをものともせず、さけんだ。「このあと、いついえるかわかんないから、今、いっとくね。あなたが大すきよ！」

「おまえ、なぐられるようなことを自分からしてるんだぞ」そういって、隊員がもう一発ファリンの頭をなぐった。「静かにしろといってるのが、わからんのか。どうせエヴィーンに行けば、たっぷりしゃべらせてもらえるんだ。聞いたことがあるはずだ、エヴィーン刑務所《けいむしょ》のことは。だれがおまえを尋問《じんもん》するか、わかってるのか？」

静かにしろといわれたにもかかわらず、ファリンは思わず小声でこたえた。

「コブラ校長先生？」

防衛隊員たちが、どっとわらった。

「そうとも！　おまえらは校長室へ呼びだしをうけて、居残りさせられるガキだ！」

隊員たちがわらっているあいだに、ファリンはふと、背中にサディーラの背中がふれるのを感じた。サディーラが自分にふれようとしている。ファリンはすわったまま、トラックの床《ゆか》をじわじわとサディーラのほうへすりよっていき、とうとうふたりは背中をぴったりつけることができた。うしろ向きだが、抱《だ》き合っているといえなくもない。ふたりはうしろ手にしばられたまま、指をからませた。

ファリンは心の中で強がった。あたしたちを引き離《はな》すには、手首を切り落とすしかないんだからね！

トラックがスピードを落とし、高い壁《かべ》の上に張りめぐらされた有刺鉄線《ゆうしてっせん》が見えた。刑務所《けいむしょ》の敷地《しきち》に入ったのだ。床《ゆか》にすわりこんだ姿勢で見えるものはかぎられている。有刺鉄線《ゆうしてっせん》と壁《かべ》、それと月。

「これで目隠《めかく》しをしろ」と兵士がいって、ふたりの目の前にきたない布切れをぶらさげた。

「足で目隠《めかく》ししろっていうの？　それとも、魔法使《まほうつか》いみたいに、わたしたちが念力で目隠《めかく》しできるとでも思ってるの？」とサディーラがいった。

「おまえらがどんなやつだか知りたくもないが」防衛隊員が、いやなにおいのする布で乱暴にふたりに目隠《めかく》ししながらいった。「とにかく、変態なんだから、すぐに消されるまでだ」

「わたしたちを殺すつもりなら、なぜ目隠《めかく》しなんかするの？」とサディーラがなおも聞いた。

どうか逆らわないで！　ファリンは思いをこめて、サディーラの手をにぎりしめた。

だが、サディーラには伝わらなかったようだ。

「もし、あなたたちが自分のやってることを誇《ほこ》りに思ってて、これからわたしたちに起こることが正義だと思ってて、わたしたちが殺されるのは当然だって信じてるのなら、どうしてわたしたちに目隠《めかく》しするの？」

「おまえらにこたえる義務はない！」隊員になぐられ、サディーラが悲鳴を上げた。ファリンは、サディーラの手をさらにぎゅっと強くにぎった。

「わたしにはわかるわ。ファリン、この人たち、わたしたちをおそれてるのよ。この男の人たちは、男がやりたいようにやるのを当たり前だと思ってる。だから、わたしたちのように、男なんか必要じゃないと思ってる女の子がこわいのよ！」

ファリンは聞きたくなかった。つぎに聞こえるはずの音を。思ったとおり、すぐにサディーラが頭をけられる音がした。背中でにぎりしめていたサディーラの手が離《はな》れた。ファリンはサディーラの手をもとめて、しばられたまま手をうごめかした。

トラックがとまった。

「降りろ！」

目隠《めかく》しされ、うしろ手にしばられたままトラックの荷台から降りるのは容易ではなかった。あっちに引っ張られ、こっちに引っ張られ、ファリンは自分がどこを向いているのかも、サディーラがどこにいるのかもわからなくなった。

「サディーラ、いるの？」

「だまれ！」

ふたりは建物の中に引っ張っていかれ、廊下《ろうか》を何度も曲がり、小さな部屋に入れられた。目隠《めかく》しがはずされ、手のロープがほどかれた。

ふたりはすぐに抱《だ》き合った。

そのとたん、ひどくなぐられ、同時に床《ゆか》にころがった。

「立て！」防衛隊員がふたりを乱暴に立たせた。

ふたりはしばらく立たされていた。部屋全体が灰色に塗られ、うすよごれている。ぼんやりした白熱灯が、部屋をいっそううすぎたなく見せている。小さな机と椅子《いす》が一脚《いっきゃく》。壁《かべ》にはおきまりのアヤトラ・ホメイニ師の肖像画《しょうぞうが》。

コブラ校長の部屋とまったく同じだ、とファリンは思った。

ドアがあいて、緑色の軍服を着た男が入ってきた。うしろから、やはり軍服すがたの女がついて入ってくる。

男が、防衛隊員から手渡《てわた》された書類を見ながら、しゃべりだした。

「おまえたちは、同性愛の罪で逮捕《たいほ》された。同性愛は、社会に対する犯罪だと見なされる。裁判にかけられることになるだろう。ふつうなら、おまえたちのような同性愛者は、警告をあたえられる。そしてムチ打ちに処せられる。自らの血によって、警告を頭にたたきこむためだ。だが、この書類によると、おまえたちはすでに警告をうけ、同性愛行為《こうい》を断念するよう命令されたとある。慈悲《じひ》が示されたにもかかわらず、おまえたちはそれを拒否《きょひ》した。つまり、恩をあだでかえしたわけだ」

「わたしたち、抗弁《こうべん》を許されるんですか?」とサディーラが聞いた。

「抗弁《こうべん》? 証人の名前をあげてみろ。おまえたちの弁護をしてくれる者がいたら、ここに呼んでやる」

ふたりは何もいえなかった。

男は、そばの女にファリンをつれていくよう、あごでしめした。

その女性兵士は、男の兵士に負けないほど強くファリンの二の腕《うで》をつかんだ。

「目隠《めかく》しをしなさい。ちゃんと。すきまから横目で見たりしたらどんな目に会うか、わかってるね」

ファリンは布で目隠《めかく》しをしたが、そのとたん、はっと気づいてひどくあせった。サディーラと別のところへつれていかれるかもしれないではないか! その前にひと目見ておきたい! ファリンは目隠《めかく》しを引きはがした。サディーラも同時に同じことをしていた。

「愛してる」とファリンはいった。

「わたしも、愛してるわ」

それを聞いて、書類を持った男がいった。

「おまえたちを今すぐ処刑《しょけい》することもできるんだぞ。そんなに死にたいのか？　おれはどっちでもかまわんが」

「あたしは、生きたい」ファリンはそういうと、サディーラにほほえみかけた。それから、ふたりは同時に布を顔に持っていき、同時に目隠《めかく》しをした。ふたりはすぐにつれだされた。

廊下《ろうか》をまた右へ左へと曲がり、階段を上がり下がりした。建物の外へ出たり、また入ったりした。漂白剤《ひょうはくざい》のにおいのする廊下《ろうか》、尿《にょう》のにおいのする廊下《ろうか》。コンクリートの床《ゆか》に自分たちの足音だけがひびく廊下《ろうか》もあれば、どなり声やさけび声、泣いたりせがんだりする声に満ちた廊下《ろうか》もあった。

ファリンは、自分の近くにまだサディーラがいるのかどうかわからなくなった。そこで、三度咳《せき》をしてみた。サディーラの咳《せき》がかえってきた。よかった！　まだ今のところはいっしょなのだ。

急にファリンを引っ張っていた兵士が足をとめたかと思うと、ドアをあける音がして、ファリンは部屋の中に押《お》しこまれた。

「目隠《めかく》しはそのままだ。はずしたら承知しないからね」

ドアが音を立てて閉まり、かぎのかかる音がした。
ファリンは三度咳《せき》をしてみた。
咳《せき》はかえってこなかった。

18

ファリンは、すなおに服従などしなかった。

とにかく、監房《かんぼう》の中がどんなようすか知る必要がある。ドアに背中を押《お》しつけ、目隠《めかく》しの布をちょっとだけ持ちあげた。

部屋は小さく、何もなかった。ベッドも、トイレさえも。天井《てんじょう》は低く、廊下《ろうか》の薄暗い灯りが、ドアにあいたすき間のような見張り窓から差しこんでいたが、陰《かげ》ができて、監房《かんぼう》の中をかえって暗くしていた。

だが、自分以外にも入れられている者がいるのはわかった。部屋の奥《おく》に数人の女性がかたまって床《ゆか》に寝《ね》ているのが見分けられた。ファリンはほっとした。仲間がいると思うと、いくらか安全なような気がした。刑務所内《けいむしょ》のことを何か聞けるかもしれない。ひょっとしたら、サディーラがどこにつれていかれたかわかるかもしれない。

ファリンはささやきかけた。

「あたし、ファリンといいます。起こしてすみません。今、きたばっかりなんです」

だれも身動きしない。

ということは、ここはあんがい寝《ね》るには悪くないところなのかも。眠《ねむ》ればの話だけど。

ファリンはドアに背中を押《お》しつけたまま、ズルズルと腰《こし》を下ろしていった。緊張《きんちょう》と寒さで震《ふる》えがとまらない。両腕《りょううで》で自分を抱《だ》いて、少しでも体を暖めようとした。

監房《かんぼう》の中は静かだった。だが、ほかのところから、絶えず物音が聞こえてくる。気持ちのいい音ではない。石の壁《かべ》で反響《はんきょう》した音は、どこかこの世のものならぬ非人間的なひびきを持っていた。

ファリンは小声でひとり言をいった。

「サディーラはきっとだいじょうぶ。もしだいじょうぶでなかったら、あたしにはわかるはずだもの。もちろんこわがってはいるだろうけど、サディーラの部屋にもほかの女の人が入っていて、きっとその人たちが世話してくれたり暖めたりしてくれる。あたしたち、こんなこと、なんとか切りぬけて、また会うのよ。うちの親はカンカンだろうけど、あたしをここに放ったらかしにはしないはず。お金はたくさん持ってるんだから、だれかを買収して、あたしたちをだしてくれるにきまってる」

でも、ひょっとして、うちの親がサディーラをだすのを拒否《きょひ》したら？

「そのときは、サディーラがだしてもらえるまで、あたしもここにいよう。うちの親は、あたしががんこだって知ってるから、しまいにはきっと折れる」

突然《とつぜん》、悲鳴がひびき渡《わた》った。ファリンは思わず両手で耳をおおった。自分もさけびだしてしまわないように、くちびるをぎゅっと噛《か》んだ。

ファリンは、ふたたび自分をはげますようにつぶやき始めた。

「あたしの両親は金持ちだ。あたしをここに放っておくわけないよ。だって、そんなことしたら、母さんは友だちに顔向けできないもの。娘《むすめ》が刑務所《けいむしょ》に入ってるなんて、恥《はじ》だと思うにきまってるから、すぐにあたしをだす。そしたら、すぐにサディーラもださせよう。そのあと、たとえサディーラに会わせてくれなくても、あたしは幸せ。いや、幸せじゃないけど、サディーラが無事だってわかれば、文句はいわない。だって、そのうち状況《じょうきょう》が変わるかもしれないし、あたしたちがおとなになれば、またいっしょになる方法がきっと見つかるはず。

とにかく、うちの親があたしたちをだしてくれる。きっとだしてくれる。うちの親はあたししたちをだすにきまってる」

ファリンは何度も何度も繰《く》り返した。ただ自分の声を聞いていたいがために。

そのとき、ふと思い当たった。ひょっとして両親も逮捕《たいほ》されていたら？　もしかして革命防衛隊が、あのパーティーでアルコールを飲んでいた者や、元国王や皇太子の写真を持っていた者たちをみんな逮捕《たいほ》していたら？　そしたら、いったいだれがあたしを助けてくれる？　あたしが助けてもらえなかったら、いったいだれがサディーラを助けられる？

とにかく、この刑務所《けいむしょ》についてもっと情報を集めなくちゃ。あたしをかわいそうに思って、いろいろ教えてくれる人がこの部屋にいるはず。だって、あたしはまだ子どもなんだし、今までに刑務所《けいむしょ》に入ったことなんか一度もないし、それに成績だっていいんだから。両親のことや、弁護士をどうやって呼ぶか教えてくれる人が、ここに絶対いるはずよ。

「すみません」とファリンは部屋の奥《おく》で眠《ねむ》っている女性たちにささやきかけた。「起こしちゃって、すみません。でも、ちょっと助けてほしいんです」

だれも起きない。

ファリンは目隠《めかく》しの布を少しだけ持ちあげて、ドアについている細い窓のほうをちらっと見た。ドアからのぞいている者はいない。ファリンは急いで部屋の奥《おく》まで行くと、監房《かんぼう》の仲間に近づいた。

部屋はせまい。ほんの数歩でよかった。ファリンはしゃがんで、眠《ねむ》っている女性の足に手をのばし、そっと揺《ゆ》すった。「すみません」

だが、返事がない。もう少し強く揺《ゆ》すった。

「起きて！　ねえ、起きて！　聞きたいことがあるんだから！」

それでも、返事がない。急にいやな予感がしてきた。

いったい、これは……。じわじわと女性の頭のところまで近寄ると、女性のスカーフをめくった。かっと目開かれた死人の目が、ファリンを見返した。

気がつくと、声をかぎりにさけんでいた。

さけんでもさけんでも、さけびやめることができなかった。

ファリンはさけびながら、ドアのほうへズルズルあとずさりして、うずくまったままさけびつづけた。

監房《かんぼう》の女性たちは、みな死んでいる。死人といっしょに閉じこめられていたのだ。

ドアが突然《とつぜん》あいて、ファリンは見張りの女性兵士の足もとに、うしろ向きにひっくりかえった。

「立って。何をわめいてる？　死人は襲《おそ》いかかったりしないじゃないか。目隠《めかく》しをきちんとして。口でいうのは、もうこれが最後だからね」

ファリンが立ち上がると、今度は両手を前でしばられた。女性兵士はファリンの腕《うで》をわしづかみにして、廊下《ろうか》を引っ立てていった。

「今からおまえは尋問《じんもん》をうける。ちゃんとこたえるように。そのほうが、おまえにとっても、みんなにとってもいいんだから。尋問室《じんもんしつ》に入る前に、何かいいたいことは？」

「わたしの両親はどこ？　やっぱり逮捕《たいほ》されてるの？」

「こっちに聞くんじゃなくて、何かいうことがあるのかっていってるんだ」

「両親は知らなかったんだよ。サディーラがうちにいるってこと」

「そうじゃない。何度いったらわかるんだ」そうこうしているうち、兵士が立ちどまった。「さ、最後にもう一度だけ聞く。何かいいたいことは？」

ファリンは、どうこたえればいいのかわからなかった。この兵士は、いったい何をいわせようとしているんだろう？　ファリンは戸惑《とまど》いながら、何か思いつこうとしたが、むだだった。兵士はそれ以上待たずにドアをあけ、ファリンを中に押《お》しこんだ。

だれかに乱暴にすわらされた。金属製の椅子《いす》だ。まわりで複数の人間が動きまわっている気配がする。この部屋の中に、何人の人間がいるんだろう？　だれかがタバコに火をつけた。ほかのだれかが、足を引きずって歩いている。さっきの見張りの兵士はそばにはいないようだ。だが、まだ部屋のどこかにいるような気がする。

タバコを吸っていた者が、吸い終わったのか、床《ゆか》に吸《す》い殻《がら》を落として足でもみ消す音がした。それから、さらに何本もタバコに火がつけられては、もみ消され、五本目がもみ消された、とファリンが数えたとき、ドアがあいてだれかが入ってきた。

いきなりファリンの目隠《めかく》しがとかれた。

軍服ではなく、ゆったりとした法服を着た中年の男が、テーブルの向こうにすわっていた。男はだまって一枚の紙に目をとおすと、顔を上げてファリンを見た。

「何か弁解することは？」と男が聞いた。男の声は低く、まったく抑揚《よくよう》がなかった。ファリンは、どなられるより、ぞっとした。

「あたし、何も悪いことしていません」

「じゃあ、なぜここにいる？」

「きっとだれかがまちがえたんです」

「おまえは、政府がまちがいを犯すと思っているのか？」

コブラ校長と同じいいかただ！

ファリンは思わず何かいいかえそうとしたが、やめた。校長のことばを思いだしたのだ。「気をつけなさい。あなたは大胆《だいたん》すぎるから」

その男はゆったりとかまえて、ファリンを見た。

「その、だれかが犯したまちがいについて、おまえのいいたいことは？」

「あたしはまじめな生徒です。この前のテストでは、学年で二番でした」

「おまえの仕事は学校に行くことだ。イラン国民は、おまえたちの教育費を負担するときめた。だから、おまえたちの仕事は成績を上げることだ。だから、おまえはおまえの仕事をやっただけのことだ。それをほめてもらいたいのか？」

「いいえ」

「わたしが自分の仕事をして、人々がほめるか？　ほめない。当然のことをしただけだからだ。ほかにいうことは？」

「ひとつ質問していいですか？」

「わたしたちは会話をしている。会話の中で質問するのに許可はいらん。それとも、質問したら、わたしが怒《いか》り狂《くる》うとでも思っているのか？」

ファリンは思いきってたずねた。

「うちの両親はどこですか?」

「おまえは両親のことを心配している。いいことだ。だが、そのことも、ほめるほどのことではない。両親を案ずることは当然だからだ」

この人はわたしの質問にこたえていない、とファリンは思ったが、だまっていた。

「ほかに、わたしにいうべきことは? 学校の成績と両親を案じているという当たり前のこと以外に」

「おっしゃってることがよくわかりません」

「では、まず、だれが首謀者《しゅぼうしゃ》かということからいってはどうだ」

「首謀者《しゅぼうしゃ》?」

「おまえたちのどちらかが、片方に悪事を強要した。おまえか? それとも、もうひとりのほうか?」

「どっちも強要なんかしていません」ファリンはそうこたえて、しまったと思った。まんまとはめられた。悪事をはたらいたことをみとめてしまったのだ。

「その答えをすぐに書きとめるようなことはしない。わたしは寛大《かんだい》だ。それに、おまえもあとで気が変わるかもしれん。ほかに、おまえたちの悪事に関わった者は?」

ファリンはこたえなかった。

「おまえの学校の代表の生徒、名前はラビアだったな。その生徒がおまえたちをそそのかして、そんなことをさせたのか？」

ファリンは、思いがけずラビアの名前を聞いて驚《おどろ》いた。

「ラビア？　ラビアは今どうしてるの？　ここにいるの？」

「ここにいた」

男のいいかたにいやなものを感じて、ファリンは質問をつづけることができなくなった。

男がしゃべるのをやめたので、ファリンと男はただだまって向き合ってすわっていた。

何分もすぎたように思われたころ、男はふたたび口を開いた。

「おまえたちの活動に関わった者の名前を教えるつもりはあるか？」

「活動？　なんの活動ですか？」

ファリンは、本当になんのことだかわからなかった。この男がいっているのは、国王を呼びもどすための母親のお茶会のことなんだろうか？　それとも、あたしが悪霊《あくりょう》ハンターの物語を書いてること？

ファリンが混乱しているのを見て、男がはっきりといった。

「おまえが、違法《いほう》で不道徳な行為《こうい》をサディーラという少女とともにやっていたことは、たしかだ。これは最近イランで増加している問題だ。今の若い男女は、やりたいことを何でもやれると思っているらしい。西洋のみだらな行為《こうい》を猿真似《さるまね》しているのだ。だから、われわれはそれをやめさせねばならない。そんなことは、神にも自然にも反することだ。おまえたちのやったことは、社会秩序《ちつじょ》に対する反逆行為《こうい》だ。おまえが救われる唯一《ゆいいつ》の方法は、これに関与《かんよ》しているほかの者の名前をわれわれに教えることだ。極刑《きょっけい》を免《まぬが》れたいと思うなら、名前をあげろ」

ほかの者？　つまり、あたしたちと同じような考えを持ってる女の子がほかにもいるということ？　ファリンは、思わずにっこりした。あたしのほかにも、あたしが感じたのと同じ幸せを感じてる女の子がいるんだ。あたしは、ひとりじゃない。

「おまえは、この状況《じょうきょう》を軽く考えているようだな。わらうとは、おもしろい反応だ。わたしに、まだいいたいことはあるか？」

「あたしたちをここからだして」とファリンはいった。

男は、ファリンの見張りの兵士に手で合図した。顔に目隠《めかく》しの布が巻かれ、ファリンは部屋からつれだされた。

「どこにつれていくの？　あの部屋には入れないで！　死んだ人といっしょにあの部屋に入れる

のはやめて！　あそこにもどさないで！」

ファリンは廊下《ろうか》にしゃがみこんだ。歩くもんか。あんな部屋へもどされるんなら、一センチだって動いてやらないから！

「あの部屋へもどるんじゃない」と見張りの兵士がいった。「少なくとも、おまえが息をしてるあいだは」

ほかの手がファリンを両側から引っ張り上げ、そのまま廊下《ろうか》を引きずっていった。角を曲がって、別の廊下《ろうか》に来ると、兵士たちはファリンを壁《かべ》に押《お》しつけた。

「すわれ」

ファリンはすわった。

19

目隠《めかく》しがきついので、まったく何も見えない。だが、まわりにいる人の動きに耳をすますことはできる。

しゃべっている者はひとりもいないが、それでもみな何かしら音を立てている。一生懸命《けんめい》耳をすますと、自分の左側に、壁《かべ》に沿って人が一列に並んですわっているようだとわかった。見張りの兵士が、すわっている者の列に沿って行ったりきたりしている。コンクリートの床《ゆか》に軍靴《ぐんか》のかたい足音がひびくので、兵士だとわかったのだ。ファリンはサディーラの名前を大声で呼びたかったが、やめた。もしサディーラが近くにいれば、きっとこたえる。そうすると、ふたりともなぐられるにきまっている。

そうだ、ふたりだけの暗号があった！

ファリンは咳《せき》を三度してみた。

返事はなかった。

ずいぶん時間がたった。今がいったい何時ごろなのか、もうさっぱりわからない。廊下《ろうか》に日光が差しこんでいるかもしれないが、目隠《めかく》しのせいでまったく見えない。

日の光って、地獄《じごく》にもとどく？

ときどき、だれかがだれかの名前を呼ぶ。すると、ファリンのようにとらわれた者のひとりが立ち上がり、ほかの部屋へつれていかれる音が聞こえた。

ときどき、どなり声も聞こえる。なんとか聞きとれることばもある。「名前をいえ！」「知ってることを教えるんだ！」そんなどなり声のあとは、たいてい悲鳴だ。悲鳴が延々とつづくこともあった。

うるさい！とファリンはどなりたかった。聞こえてくる音は耐《た》えがたいものだ。たくさんのさけび声、ピシャッとムチが皮膚《ひふ》を打つ音、骨と骨がぶつかりあうにぶい音、なんなのか見当のつかない音もある。

まるで、エドガー・アラン・ポーの世界だ。真っ暗な穴の中での拷問《ごうもん》を描《えが》いた小説「落とし穴と振《ふ》り子」の中にいるようだ。

かたい床《ゆか》に緊張《きんちょう》してすわっているので、背中が痛む。足はつるし、目隠《めかく》しがきついせいで頭痛がする。顔を肩にこすりつけて目隠《めかく》しをゆるめようとやってみると、目隠《めかく》しはほんの少しずつずれてきた。見張りの靴音《くつおと》が聞こえるたびに中断しながら、ファリンは根気強くやりつづけた。

だれにも気づかれないように、ゆっくりゆっくりやるのだ。とらわれた者が、絶えず列から引きだされたり、もどされたりしている。ドアがあけっぱなしになっていると、床《ゆか》を何かが引きずられるような音がして、またほかの音が続く。さけび声がやんだと思うと、今度は祈《いの》りがつぶやかれる。においもまた強烈《きょうれつ》だ。目隠《めかく》しをされ手をしばられた者は、大小便をたれ流すしかない。

さらに汗《あせ》と恐怖《きょうふ》、古い吸《す》い殻《がら》のすえたにおいに血のにおいが入り混じる。

しんぼう強くこすりつづけていた目隠《めかく》しが、突然《とつぜん》パラリとはずれた。

「目隠《めかく》しをはずすな！」

列の向こうの端《はし》から、見張りがどなった。

まわりを見られるのはほんの数秒だ。床《ゆか》に倒《たお》れている負傷者や死人をじろじろ見ているひまはない。サディーラがいるか、両親がいるかどうかをたしかめなければならないのだ。左には、廊《ろう》下《か》のつきあたりまで、とらわれ人の長い列が延びていた。右を見れば、廊下《ろうか》はどこまでもどこまでも延びていて、人の列も廊下《ろうか》といっしょにつづいている。ファリンは、見張りの兵士が走ってきて銃《じゅう》をファリンの頭につきつけるまで、できるかぎりのものを目の中におさめようとした。

「目隠《めかく》しをするんだ！」

手首をしばっているロープにたるみがあるので、目隠《めかく》しを頭のまわりに巻くことはできたが、結ぶのはむずかしい。スカーフがはさまったり、髪《かみ》の毛が布にからまったりする。銃《じゅう》は、顔から4、5センチのところにかまえられている。ファリンは手がふるえた。

「手をとめるんじゃない！」

やっと目隠《めかく》しをし、兵士が離《はな》れると、ファリンは考えをめぐらせた。

いったいサディーラはどこだろう？　両親はどこにいるのだろう？　ひょっとしたら、サディーラはもう刑務所《けいむしょ》からだされてるかもしれない。そうだ、両親は、ファリンがサディーラといっしょじゃなければ出ないということを知っているから、きっとサディーラを先にだしたんだ。そう思ったとたん、ファリンは落ち着きをとりもどした。ファリンの心は恐怖《きょうふ》とさけび声と血のにおいから遠く離《はな》れ、学校の体育館へ、サディーラといっしょに勉強したあの場所へとでいった。

そうやって、なんとか眠《ねむ》ることができた。

コン、コン、コン。

夢の中で、サディーラが三度咳《せき》をする。手を伸《の》ばし、はみだしているファリンの髪《かみ》をスカーフの中にそっと入れてくれる。

コン、コン、コン。

サディーラ、どうして咳《せき》なんかするの？　あたしはここにいるんだから、直接あたしに話せばいいのに。

ふいにファリンはガバッと起き上がった。

今、だれか三回咳《せき》をした？

ファリンは三度咳《せき》をしてみた。どうか返事がありますように。

返事はなかった。廊下《ろうか》からは、絶え間ない泣き声や祈《いの》る声が聞こえるだけ。尋問室《じんもんしつ》からのさけび声が、ときどきそれに混じるだけだった。

ファリンはふたたび咳《せき》をし、耳をすましました。

「ファリン・カゼミ」見張りの女性兵士の声だ。

「はい！　ここにいます！　あたしはファリン・カゼミ。あたし、ここにいる！　だいじょうぶよ！」

サディーラか両親が聞きつけて返事するのを期待したが、すぐさま兵士がファリンを引っ張り起こし、引きずるように引っ立てた。乱暴に目隠《めかく》しがはずされると、そこは小さな部屋の中だった。

前の部屋と似たような部屋で、似たような法服の男が机の向こうにすわっている。

「この供述書にサインしてもらおう」男は、机の上の一枚の紙をファリンのほうに押《お》しやった。

「供述書？　あたしは何も供述していません。サインもするつもりはありません。両親に会わせてください」

「もう一度いう。ペンをとって、この供述書にサインするように」

あたしはサインしたくないんだから、させようったって、むりよ。サインしなければ、なんの罪にも問われないはずだもの。

「サインしません」

法服の男が、見張りの兵士にうなずいた。兵士はファリンにふたたび目隠《めかく》しをし、部屋の外に押《お》し出した。ファリンを引っ張って右に曲がり、とらわれ者の長い列に沿って長い廊下《ろうか》を歩きだした。目隠《めかく》しが、今回は少しだけ目の位置より上にずれていたので、床《ゆか》に倒《たお》れたりすわったりしている者の顔がいくつか見えた。

「あたし、ファリン」歩きながら、ファリンはそれらの顔に向かっていいつづけた。とうとう兵士が頭をたたいてだまらせた。

ファリンは外に引っ立てられて、長いあいだ歩いた。石や、階段、何かわからないものにつまずいて、何度もよろめいた。

兵士はやっと立ちどまると、ファリンの目隠《めかく》しをはずした。

絞首台《こうしゅだい》の前だった。6人の人間が、横木につりさげられて揺《ゆ》れていた。台に上がる階段のそばには、目隠《めかく》しをされた囚人《しゅうじん》の長い列があって、つるされるのを待っていた。

女性兵士がいった。

「いいか、これが最後のチャンスだ。おまえは若いから、寛大《かんだい》に扱《あつか》ってるんだ。だけど、もうこれが最後。ここでは、やりきれないほど仕事がある。自分の罪をすなおにみとめない変態のガキに、いつまでもつきあってるひまはないんだよ」

ファリンは狂《くる》ったようにまわりを見まわした。サディーラのすがたも両親のすがたも見えない。兵士はファリンに目隠《めかく》しをしないまま、処刑《しょけい》を待つ者の列に引っ張っていった。

「銃殺《じゅうさつ》のほうがてっとり早い。いっぺんに何人もやれるから。たぶん、そっちの方法にもどるだろ。絞首刑《こうしゅけい》は、はかどらなくてしょうがないよ。でも、時間がかかるせいで、いいこともある。

考えなおす時間があたえられるからね」

たしかに、ここでは廊下《ろうか》より、祈《いの》ったり泣いたりする声が多く聞かれる。

兵士がファリンに聞いた。

「この列に置いていってほしいのか？　おまえは成績がいいっていったな。じゃあ、計算してみな。縛《しば》り首《くび》にできるのは、一度に６人。つるされて死ぬまでに約２０分。おまえの前に待ってる囚人《しゅうじん》が３０人。このままここにいるとしたら、おまえが生きていられる時間は何分だ？」

ファリンは泣きだした。空は青く、太陽は輝《かがや》いていた。刑務所《けいむしょ》の高い壁《かべ》の向こうでは、人々がいつもの生活を送っているのだ。学校へ行ったり、市場へ行ったり、なんとか幸せになろうとしているのだ。どうか、その中にサディーラがいますように！

そうだ、もし、サディーラが刑務所《けいむしょ》の外に出てる可能性が少しでもあるんなら、あたしも生きていたい！

ファリンは決心した。

「あたし、供述書にサインします」

「え？　なんていった？」

「あたし、供述書にサインします」

「ほんとに、それでいいんだな？　あの部屋までわざわざつれていって、またここにつれもどってくるなんてことはごめんだ。楽しい仕事じゃないからな」

「サインします。絶対。約束します。サインしたいんです」

兵士は肩《かた》をすくめた。

「そうしたいんなら、おすきなように」

ファリンはすぐにもサインしたかった。だが、兵士は、今になって急にのんびりとファリンを列に残したまま、ほかの兵士とおしゃべりを始めた。そのあいだに、目隠《めかく》しをした囚人《しゅうじん》はどんどんつれてこられ、ファリンのうしろに並べられる。処刑《しょけい》はさっさと執行《しっこう》され、ファリンは絞首台《こうしゅだい》のほうへズルズルと押《お》しやられていく。

ファリンは、自分のすぐうしろに並んでいる目隠《めかく》しされた男に聞いた。

「自分がどこにいるか、知ってる？　あなた、縛《しば》り首《くび》になるところなんだよ。ここにいる者は、みんなつるされるんだよ」

「家族はみんな縛《しば》り首《くび》になった。縛《しば》り首《くび》にならなかった者は、戦争で死んだ。おれはもうこの世にいたくない。家族とあの世でいっしょになりたい。おれは殺されるんじゃない。愛する者のもとへ送り返されるんだ」

「でも、あたしたちみんなで戦えば……」

「静かにしてくれ。もう戦う気力はない。今はただ神に祈《いの》って、家族のことを考えたい。おれに残されたわずかな時間を奪《うば》わんでくれ」

「神の御加護《ごかご》がありますように」とファリンはいった。

「おまえさんにも」と男が返した。

新たに6人の死体が横木から降ろされた。列がまたぐっと前に進む。

これ以上待てない。ファリンは列を離《はな》れると、見張りの女性兵士に近づいた。

「あたし、まだ待ってるんですけど」

しゃべっていたふたりの女性兵士が同時にファリンを見て、それからたがいに顔を見合わせた。

「この子が、その変態?」と相手の兵士が聞いた。

「そう。この子」

「変態が伝染しないといいけど」

見張りの兵士がファリンの腕《うで》をつかみ、あの部屋へつれもどった。法服の男がファリンの前に供述書を置いた。ファリンは読み始めた。

「時間をむだにするな」

ファリンは、しばられたままの手で書類の最後の欄《らん》にサインした。

男は、供述書をとりあげると、ファリンのサインを確認し、立ち上がった。

「ファリン・カゼミ、おまえは同性愛と変質的行為《こうい》を供述した。この行為《こうい》は、国家の法と道徳に対する違反《いはん》であり、したがって、おまえは人民の敵だ。よって、絞首刑《こうしゅけい》に処する。以上」

「どういうこと？　サインすれば死刑《しけい》にならないんじゃないの？　こんなことなら、あたし、供述を取り消す！　こんなのないよ！　あたし、まだ十五歳《さい》なんだよ！」

「供述書にサインする前、おまえは協力拒否《きょひ》の罪で絞首刑《こうしゅけい》だった。罪をみとめた今、おまえはおまえの犯した罪によって絞首刑《こうしゅけい》になる。以上だ」

ファリンは、引っ立てられて別の監房《かんぼう》へ放りこまれる瞬間《しゅんかん》まで、大声で抗議《こうぎ》しつづけた。ドアが激しい音を立てて閉まった。

ファリンはそこにひとり残された。

少なくとも、死体との同居は免《まぬが》れた。

20

「面会人だ」

兵士の足が、眠《ねむ》っているファリンをつついた。

「面会人？」

「立って。会いたくなければ別だけど」

ファリンは立ち上がった。

「面会人ってだれ？　父さんか母さん？　どっち？」

おかしなことだが、面会にきたのが母親だったらいいとファリンは思った。今までずっと父親のほうがファリンに対してやさしかった。だが、母親は激しい気性だ。自分を助けだしてくれる人がいるとしたら、母親だろうと思ったのだ。

もちろん、返事はなかった。

兵士がファリンをつれていった。テーブルと椅子《いす》が何脚《なんきゃく》かある部屋だった。両親のすがたをさがして見まわしたが、見当たらなかった。

その部屋にいたのは、黒いチャドルを着たひとりの女性で、ドアに背を向けてテーブルについていた。女性がふりむいた。

コブラ校長。

ファリンは目の前のことが理解できず、思わず何度もまばたきした。状況《じょうきょう》がのみこめないまま、校長の向かい側にすわった。生徒だったころが、もう何年も昔のような気がする。

「どんな具合？」とコブラ校長がたずねた。

「ここで先生と会うなんて、信じられない」

「なぜ信じられないの？　わたしがわけをいいましょうか。それは、あなたが心を閉じているからです。あなたは、人を枠《わく》にはめて判断して、自分自身がまちがいを犯してるかどうかなんて、考えようともしないからですよ」

ファリンはどう考えていいかわからなかった。コブラ校長は、説教するためにはるばるここにきたんだろうか？　生徒に説教をすることが、校長にはそれほど大事なことなのか？

「どんな具合なの？」と校長がもう一度聞いた。

「こわい」

「そうでしょうね」

コブラ校長は、気づまりなようすだった。

そりゃ、そうだろう。あなたはもうけっこうな年なのに、ここから自由に出ていって生活できる。あたしはまだ若いのに、もうすぐひどい死にかたをしなくちゃならない。それも、あなたが大すきな政府のせいで。

ファリンはそういいたかったが、何もいわなかった。ここでこれ以上いい争いをしたところで、もはや意味がない。

「両親について、何か聞いてますか？」

ファリンはたずねてみたが、校長が何か知ってるとは期待していなかった。

「ご両親は国を出られたわ。防衛隊員にわいろを渡《わた》して、尋問《じんもん》にかけられる前に」

「わたしを残して、出たの？」

「そのようね」

「じゃあ、サディーラは？」

「サディーラもここにいます」

「サディーラにも面会するの？」

「さあ。あなたに会う許可を得るのも、思ったよりむずかしかったから。ここはずいぶん……混乱してて」校長はまた、とまどった顔になった。

ファリンは、むらむらと校長に反感がわいてきた。

「じゃあ、いったいどんなところだと思ってたわけ？」

コブラ校長は頭をふった。

「ほら、また、そんなふうにかたくなになって。あなたはわたしを冷たくてきびしい人間だと思ってるけど、そこしかあなたは見てないだけ。不幸にも、わたしが面会にきたのはあなたが初めてじゃないのよ」

「じゃあ、お礼を言えって？　知ってるの？　あたしとサディーラは殺されるんだよ」

コブラ校長は、ゆっくりとうなずいた。

「あたしたちを助けて！　縛《しば》り首《くび》にさせないで！」

コブラ校長は、ファリンの目をじっと見た。

「わたしは生徒にうそをついたことがないし、あなたにうそをつくつもりもない。あなたは自分の運命をうけ入れなくちゃならないの。わたしがここにきたのは、あなたがりっぱな知性と心の持ち主だということをいいたかったからです。いろいろあっても、あなたがうちの学校の生徒でよかったと思ってるわ。そのことをいって、あなたをできるだけなぐさめたかったのよ」

コブラ校長は、床《ゆか》に置いていたバッグをテーブルに上げ、口をあけた。

「毛布を持ってきたわ。見張りの兵士が、あなたにあげていいって。監房《かんぼう》が寒いってことは、わたしも知ってるから」

ファリンは礼をいって毛布をうけとろうとしたが、はっとしてテーブルの下を見た。ほかにバッグはない。

コブラ校長は毛布を一枚しか持ってきていないのだ。

「サディーラにやって」とファリンはいった。

「ファリン、サディーラには会えるかどうか、わからないのよ。あなたに会うだけでもやっとだったのだから」

「サディーラが凍《こご》えてると思ったら、あたし、温かくなんかなれないよ！」ファリンの目に涙《なみだ》がみるみるあふれてきた。「そんなこと、できるわけないでしょ?!」

「ファリン……」

「あたし、サディーラを愛してる。先生にはわかってないよ！　あたしたち、ただいっしょにいたいだけよ。あたしたち、死にたくなんかないよ！」

ファリンは、テーブルにつっぷして泣いた。

コブラ校長は、ファリンの頭に手を置いた。

「わたしは革命を百パーセント支持しています。革命の始まったときから参加していたし、一生《いっしょう》涯《がい》、革命を守っていくつもりです。でも、わたしの考える革命に、子どもの処刑《しょけい》はない。あなたがこんなことになって、申しわけなく思うわ」

ファリンは頭を起こし、しばられた手の袖《そで》で涙《なみだ》をふいた。それから、毛布を校長のほうへ押《お》しやっていった。

「革命を支持してていいから、この毛布はサディーラに持っていって」

そのとき、見張りの兵士が進み出た。もう面会時間は終わったのだ。

コブラ校長はファリンを抱《だ》いた。

両手が自由にならないファリンは、校長に体を押《お》しつけた。校長にはまだ腹を立てていたが、そんなことはどうでもいい。ファリンはだれかに抱《だ》いてほしかったし、校長のほかにはだれもいなかったのだ。

「毛布はサディーラに届けますよ。あなたからっていって。あなたが、温かくしてってっていってたってね」

「ありがとう」ファリンはやっといった。

コブラ校長が、ファリンをさらにぎゅっと抱《だ》いた。

「安らかにお休み、わたしの生徒。耐えられなくなったら、今までで一番大きな喜びをあたえてくれた詩を思いだしなさい。楽しかったときのことと、愛する人のことを思いなさい。この世を去るときは、そんなよい思いを心に抱いていくんですよ」

「もしわたしの両親と話す機会があったら、いってくれますか？『ごめんなさい』って」

コブラ校長がファリンの目を見つめて聞いた。

「あやまるの？　悪かったたって？」

ファリンはサディーラのことを思った。ふたりの時間が、どんなにかけがえのないものだったかを。

「悪かったとは思ってない」とファリンはみとめた。

コブラ校長がささやきかけた。

「それでこそ、わたしの生徒です。どんなときも真実が一番大事。たとえ、それによって、暗い場所につれていかれるようなことになろうと」

兵士がファリンを引き離《はな》し、監房《かんぼう》につれもどした。

あとどのくらいの時間が残されているんだろう。

ファリンは床《ゆか》にすわり、体を丸めて、サディーラを思った。今、サディーラは毛布にくるまり、ぬくもりとともに、あたしに愛されていることを感じてるだろうか。

それから二日のあいだ、ファリンは監房《かんぼう》の中で寒さにふるえながら、サディーラのすがたを思い描《えが》きつづけた。

三日目に、兵士が入ってきた。

死ぬときがやってきたのだ。

21

「おまえの死体は、だれか引きとりに来るのか？」と兵士は聞いた。

「え？」

「おまえの死体だよ。処刑《しょけい》されたあと、台から降ろした死体をどうするかってこと」

逮捕《たいほ》されてから、何も食べていない。つかれきって、骨の髄《ずい》まで凍《こご》え、これから起こることにおびえきっていたので、まったく頭がはたらかない。ファリンはその問いに、何もこたえられなかった。

「じゃあ、野っぱら行きが、もう一体ふえるってわけか。囚人《しゅうじん》に自分の墓穴を掘《ほ》らせるときもあるけど、のろのろやるから一日かかる。それでも、天気がよけりゃ、かまわないけどね。でも、このごろは死刑囚《しけいしゅう》があんまり多いから、こっちが徹夜《てつや》ではたらいたってスケジュールどおりにいかないんだよ。そうだ、死に装束はどうする?」

「え?」

ファリンは声をだすのがやっとだ。

「おいおい、死に装束もないっていうんじゃなかろうね。おまえの家族が金を払《はら》うっていうんなら、こっちにあるのを提供してもいいけど、事務所の連中がわざわざやってくれるかなあ。最近は時間がないから、細かいことはそっちのけだからね。まあ、いい。死に装束のことはあとから考えればいいさ。まずは、おまえを処刑《しょけい》することだ」

目隠《めかく》しされ、手をしばられたファリンがよろよろ引っ張られていくあいだ、女性兵士はぺちゃくちゃひとりでしゃべりつづけた。

「たいていの者はもうここまで来ると、すべてを終わりにすることができるっていうんで、本当に喜ぶのさ。たぶん、待つあいだの不安のほうが、うんと耐《た》えがたいんだろう。ときどき、逮捕《たいほ》されて一時間もしないうちに処刑《しょけい》ってこともあるけど、そういう意味じゃ、そのほうが親切だと思うよ。そうじゃないっていう仲間もいるけど。つまり、一般《いっぱん》市民ってやつらは、従順を学ぶために痛い目に会わせなくちゃならんというんだ。そうでないと、よき市民にはならないんだと。

でも、どうせ処刑《しょけい》されて死ぬんだから、そいつらをそれ以上痛めつけても意味がないじゃないか？　こっちにいわせりゃ、床《ゆか》がよごれくさるだけの話さ！」

見張りのしゃべりかたを聞いていると、今から行われようとしていることが、まるでごくふつうの日常のことのように聞こえる。そうなのだ、この見張りの兵士にとって、これは単なる毎日の仕事。きょうという日も、この女にとってはいつもと変わらぬふつうの日なのだ。

朝起きて、制服を着て、朝食を食べ、仕事に行く。女の囚人《しゅうじん》たちを処刑場《しょけいじょう》に連行し、帰って、夕食を食べ、寝《ね》る。

「そこの衛兵、ちょっときてくれないか？」

だれかの呼ぶ声が聞こえた。

「今、引き渡《わた》しの途中《とちゅう》だけど」と見張りの兵士がこたえた。

「それは、ほかのやつにやらせろ。給料支払《しはら》いのための書類を書いてもらわなくちゃならん」

「もう記入はすんだよ」

「もう一度書きなおしってことは、不備があったにきまってるだろ。今すぐきて、書いてくれ。そうすりゃ、おれのほうの書類も片づく」

「わかった」

そういうと、見張りの兵士は、ファリンを廊下《ろうか》の壁《かべ》に押《お》しつけて立たせた。

「ここにじっとしてるんだ」

両手はしばられたままだし、目隠《めかく》しはきつくてまったく何も見えない。逃《に》げたところで、きっと二、三歩、歩いただけで何かにつまずいて倒《たお》れてしまうだろう。

でも、やってみる価値はある。ひょっとしたら、逃《に》げられるかもしれない！

ファリンがそう思って動きだそうとしたとき、別の手がファリンのひじをつかんだ。

「この囚人《しゅうじん》は、おれがつれていこう。書類の記入が終わったら、おまえ、少し休憩をとれ」

「そりゃ、いいね」と見張りの女性兵士がこたえた。

ファリンは、今度は男の兵士につかまれて歩かされた。少なくとも、さっきの女性兵士の空虚《くうきょ》なおしゃべりからは解放されたわけだ。これが自分の人生の最後のときだとしたら、静かにすごしたい。サディーラのことを考え、ふたりが幸せだったころを思いだしたい。

いきなり、ファリンを引ったてている兵士が小声で話し始めた。

「いいか、静かに聞け。何も反応しちゃいかん。おれは、おまえの父親から雇《やと》われて、おまえをここから逃《に》がしにきた。おれが何かいったら、そのとおりにするんだ。いいな？」

両親は自分を見捨てたんじゃなかったんだ！　ファリンは天にも昇《のぼ》る気持ちだった。

「サディーラは?」とすぐファリンは聞いた。

「もう保護されている。おまえの父親がいった。おまえは、その娘《むすめ》といっしょじゃなけりゃ、ここを出ることを拒否《きょひ》するだろうと。だから、その娘《むすめ》はもう、きのうのうちにここからだしてる。だが、きょうは厳戒《げんかい》態勢だ。出るのはむずかしい。シッ、しゃべるな。だれか近づいてくる」

ファリンは耳をそばだてた。合図を聞き逃《のが》してはたいへんだ。ファリンをつれた兵士は、ほかの兵士たちとすれちがいざま冗談《じょうだん》をいいあった。そのとき、少し先のほうで銃声《じゅうせい》がした。

思わず立ちどまったファリンを引っ張って、兵士がいった。

「あれは銃殺隊《じゅうさつたい》だ。さ、行くぞ」

男は急に方向を変え、走るように歩きだした。ファリンも必死についていった。いきなり抱《かか》え上げられ、ドサッと放り投げられた。トラックの荷台らしい。ひどいにおいの衣服の山がかぶさってきた。

トラックが発進した。荷台の震動《しんどう》と揺《ゆ》れから、トラックが前進したり、とまったり、また前進したり、とまったりを繰《く》り返すのがわかった。そのうち、トラックはスピードを上げた。

ハイウェイを走ってるんだ。エヴィーン刑務所《けいむしょ》から逃《に》げ出せたんだ!

トラックは意外にも左へ曲がった。ということは、北に向かっている? テヘランから離《はな》れている。

山の中に入っていった。きっとカスピ海のほうに向かってるんだ。

トラックは走り、ファリンはじっとだまってころがっていた。不自然な姿勢で肩《かた》がけいれんするのも、かぶさった衣服の悪臭も、なんでもなかった。この先何が起ころうと、ついさっき逃《のが》れてきた境遇《きょうぐう》にくらべれば、とにかくかぎりなくいいにきまってる。

長い時間がすぎた。トラックは一度だけとまってガソリンを入れ、また道路にもどった。もう日が暮れたと思われるころ、トラックはハイウェイを降り、とまった。

運転手が運転席から降りて、トラックのうしろへまわってくる音がした。

「ファリンさん、だいじょうぶですか？」

くさい衣服がとりのけられ、手首のロープと目隠《めかく》しがはずされた。ファリンが見上げると、そこにいたのはアーマドだった。

「お父さまが防衛隊員を何人か買収したんです。今からあなたをイランからだします。ご両親はもう国を出てらっしゃいます」

「サディーラは？」

「サディーラさんは先にだしました。国境を越《こ》えたところで待ってるでしょう」

アーマドが手をかしてファリンをすわらせ、水と食べ物をくれた。

「まだまだ走りつづけなければなりません。もう少しそこにいても、だいじょうぶですか？」

もちろん、だいじょうぶだ。ファリンはまた、くさい衣服の山にもぐりこみ、アーマドは運転を始めた。ファリンはごそごそ動いて、顔のまわりに少しすき間をつくった。入ってくる夜の空気がひんやりとここちよかった。

ファリンはまだ呆然《ぼうぜん》としていた。もう死ぬと思ったつぎの瞬間《しゅんかん》、ふたたび生きるチャンスをあたえられたのだから。しかも、サディーラといっしょに！　トラックの荷台は完全におおわれているので、まわりはまったくの暗闇《くらやみ》だった。だが、わかっている。今、自分はどんどん死から遠ざかり、自由へとぐんぐん近づいているのだ。

道路はひどいデコボコ道だった。おそらくアーマドは検問所のある幹線道路を避《さ》け、いなか道を選んで走っているのだろう。

空にはきっと月が出てる。今、サディーラはどこか安全な場所で、ふたりの月を見上げながらあたしを待っている。

待ちきれない。サディーラに会うのが待ちきれない。ああ、両親のことを、あたしはなんて誤解していたんだろう！　つぎに会ったときには、心からあやまろう！　たとえサディーラといっしょに暮らすとしても、両親が誇《ほこ》りに思うような娘《むすめ》になろう。両親が頼《たの》むことはなんだってしよう。国王を呼びもどす活動にだって、両親が望むんなら、参加してもいい!

デコボコ道でひどく揺《ゆ》れたが、衣服の山がクッションになった。自分では興奮で眠《ねむ》れるはずがないと思っていたし、何か起こったときの用心に目を覚ましていなくてはと自分にいいきかせたが、あまりにもつかれていた。トラックの揺《ゆ》れに誘《さそ》われて、とうとうファリンは深い眠《ねむ》りに落ちた。その夜もつぎの朝も、夢も見ずに眠《ねむ》りつづけた。

22

突然《とつぜん》、光がどっと流れこみ、ファリンは驚《おどろ》いて目を覚ました。だれかが荷台のうしろをあけたのだ。

動かずにいるだけの平常心はあった。顔はちゃんと隠《かく》れているはず。検問所の役人がさっと見るくらいでは気づかれることはないだろう。

「車を変えなきゃなりません。降りて、早く」アーマドの声だ。

ファリンはすぐ起き上がり、よろめきながら、トラックから降りた。

「これを着て」アーマドがアフガニスタンの青いブルカを手渡《てわた》した。イランのチャドルとはまたちがっている。チャドルは顔をだせるが、ブルカは、まるでテントみたいに、顔も何もかも全身をおおってしまう。たった一か所、目のところに網目《あみめ》になった小さい布がつけられていて、それをとおして外が見えるだけだ。

頭のてっぺんから足の先まですっぽりとおおう、このぶ格好なマントを、ファリンはまだ一度も着たことがなかった。どう着ればいいかも、よくわからない。

「急いで！　さっさと着て！」とアーマドがせかした。

とっさにファリンはアーマドに、そっちは使用人で自分は主人の娘《むすめ》だということをいってやろうかと思ったが、やめた。今は、そんな口のきき方をしないほうが利口だ。ファリンはどうにかブルカを着ると、アーマドに従ってトラックのそばにとまっている小さな車のところにきた。

「だれの車？」

「これも、お父さまの手配です。車は変えたほうがいい。万が一、追跡《ついせき》されていないともかぎらないから。ガソリンも満タンだ。これからまだまだ走りつづけないといけない」

「車に乗ったら、これぬいでもいい？」

「そのまま着ていて」

そこで、ファリンはブルカを着たまま助手席に乗りこんだ。服のことなどどうでもいい。車はまたハイウェイにもどり、スピードを上げた。どんどんサディーラに近づいているんだと思うと、何を着ていようと、気にもならない。それに、ブルカはすがたを隠《かく》すのにちょうどいい。ブルカをめくってみないかぎり、中の者が何者か、だれにもわからないから。

もしあの悪霊《あくりょう》の話をもう一度書きなおすとしたら、悪霊《あくりょう》ハンターの少女はブルカを着てることにしよう。ブルカを着た少女が事件を解決する話なんて、今までだれも書かなかったんじゃないかな。

そばに、パンとぬるくなったオレンジソーダのびんがあった。かさばるブルカを着たまま物を食べるのは簡単ではなかったが、ファリンはどうにかこうにか食事をすませた。

「今、どこを走ってるの？　カスピ海に向かってるのかと思ってたけど」

「パキスタンに向かってます。これが一番いい方法です。トルコに入るのは危険だ。パキスタンの国境は、トルコの国境よりゆるい。つまり、ちゃんと国境警備隊に守られていない場所がいくつもあるということです」

「そこに、サディーラが待ってるの？」

「サディーラのことは心配いらない。ちゃんと安全なところにいるから。もうしゃべらないで。もうすぐ検問所だ」

革命防衛隊がハイウェイに検問所をつくっていた。目の部分の網目《あみめ》の布をすかして、銃《じゅう》を持った男女の隊員たちがつぎつぎに車をとめ、身分証明書をださせているのが見える。

「いいですか、しゃべるのはわたしだけ。どんな質問をされても、わたしのいうことに同意する。目はずっと車の床《ゆか》を見つづけて、けっして上げないように。あなたがきょろきょろすると、疑いが持たれる。わかりましたね？」

「わかった」

車が検問所に入った。アーマドが運転席の窓をあけ、書類を差しだした。

「アフガニスタン人か？」と検問所の防衛隊員が聞いた。

「はい」

「その女の書類は？」

「これはわたしの妻です」アーマドは、手を伸《の》ばし、ファリンの前のダッシュボードに手を入れると、それから何かをとりだした。

「これが結婚《けっこん》証明書です」

隊員はじっくりとその書類を見た。

「それで、なぜ移動している？」

「マシュハドに行っていたんです。工事現場でアフガニスタン人を雇《やと》ってると聞いたものですから。でも、行ってみたら、もう仕事はみんなとられていました」

兵士は、アーマドの話を聞いても、まだ考えているようすを見せた。それから、書類をアーマドに返すと、「行け」と手で合図した。

ファリンは、検問所からじゅうぶん離《はな》れるまで待って、アーマドにたずねた。

「そんな書類、どこで手に入れたの？」

「お父さまにはしかるべき人脈がある。だれかは知らないが、書類を偽造《ぎぞう》する連中です」

「じゃあ、結婚《けっこん》証明書なんてのも、みんな偽物《にせもの》なんだ」

「わたしは単なる使用人ですよ」

車は走りつづけた。ファリンはもう二、三回、サディーラのことをアーマドに聞いたが、アーマドはさっきと同じことしかこたえなかった。ファリンは眠《ねむ》るまいとがんばった。だが、車の中は暑いし、ブルカを着ていると新鮮《しんせん》な空気を吸うことができないので、どうしても頭がはっきりしない。何度も居眠《いねむ》りしてしまった。そして、そのたびにビクッとして起きるのだった。

車が難民キャンプに入ったときは、もう日が暮れかけていた。アーマドは車を降り、ファリンを車に残して自分だけキャンプの男たちのところへ行くと、何やら話を始めた。ひとりで車にすわっているのは、とても目につくようで、居心地が悪かった。車のそばを通る者はみな、窓越《まどご》しにファリンをのぞきこんでいく。ブルカをかぶってるんだから顔はだれにもわかりっこない、と自分にいいきかせても、さらし者になっているような気がしてならなかった。気がつくと、アーマドはどこかに行ってしまって、見当たらない。もしだれかやってきて、おまえはそこで何をしてる?と聞いたら、どうしよう? なんといえばいいんだろう? 夫が自分を置きっ放しにしてどこかに行ったとでも? よそ者だということが、すぐにバレてしまうのではないだろうか?

ずいぶんたって、やっとアーマドがもどってきた。

「降りて」とドアをあけながらいう。

「どこに行ってたの?」

「しゃべらないで」

いいかえしたいことばが千個も頭に浮《う》かんだが、自分を抑《おさ》えて無言をとおした。サディーラのところに送り届けてくれれば、ことばづかいなんてどうでもいい。サディーラのもとへつれていってくれさえすれば。

アーマドが先に立って、大股《おおまた》に歩いていく。さまざまな色のぼろ切れを張ったテントや、ガラクタで作った今にも倒《たお》れそうな小屋などのあいだを通りぬけ、キャンプの一番端《はし》にあるテントまでやってきた。

「ここに寝《ね》て」

アーマドはそういうと、どこかに歩き去った。

テントの中は、すでに女と子どもで混み合っていた。だが、祖母のところで親戚《しんせき》の者たちといっしょに寝《ね》たような楽しさはまったくなかった。それに毛布も足りない。あっちでもこっちでも幼い子がひと晩じゅう咳《せき》をしていた。ただの風邪《かぜ》とは思えない、ひどい咳込《せきこ》みようだった。ファリンはブルカをとってもいいものかどうかわからなかったので、着たまま横になった。眠《ねむ》っているうちに、ブルカが体に巻きついて息苦しくなり、何度も目が覚めた。

つぎの日は、何をやればいいのかわからず、ただテントの中にすわって、だれともしゃべらずにすごした。女たちがいろいろ聞いてきたが、ことばがわからないふりをした。そのうち、女たちもファリンにかまわなくなった。自分たちだっていろいろと心配事を抱《かか》えていたのだ。

やっとアーマドがテントに迎《むか》えにきて、ファリンはアーマドについてキャンプの出口に向かった。

そこには、今度は荷台に幌《ほろ》をつけた小型トラックがとまっていた。アーマドは助手席に乗りこみながら、ファリンにうしろの荷台に乗るよう合図した。幌《ほろ》の中は、女と子ども、羊や鶏《にわとり》でもういっぱいだった。だが、もぐりこむしかない。ファリンが荷台に上がってくると、女たちは詰《つ》めてファリンの場所をあけてくれた。それでも、ひざの上に幼い子どもを抱《だ》くか、生きた鶏《にわとり》を詰《つ》めこんだかごをのせるかしなければ、すわれそうにない。ファリンがぐずぐずしていると、そばの女が鶏《にわとり》のかごを渡《わた》した。ころがり落ちないようにかごをつかんだファリンの指を、鶏《にわとり》が始終くちばしでつついた。

いつまでこの格好ですわっていなくちゃならないんだろう？　長いあいだ同じ姿勢ですわりつづけていたので、体じゅうがコチコチにこわばってきた。アーマドと話をしたかったが、注目を集めたくはない。ファリンはただすわりつづけて、痛みに耐《た》えた。一キロメートルがまんすれば、一キロメートルだけサディーラに近づくのだと自分にいいきかせて。

何時間もたったように思われるころ、トラックが道路わきに停車した。アーマドが荷台のうしろに現われた。

「降りろ」

荷台にはブルカを着た女性が数人いたから、アーマド自身、だれに向かって話せばいいのかわからなかったにちがいない。だが、ファリンはすぐ、ひざの鳥かごをとなりの者に渡《わた》し、ぎゅうぎゅう詰《づ》めの荷台からやっとのことで降りた。足が完全にしびれている。ファリンは足踏《あしぶ》みしながら、まわりを見まわした。

砂と岩のほか、何もない。

「ここからは歩く」

アーマドがそういって、ファリンに小さな包みを渡《わた》した。

「水が一本と、食い物が少し。長く歩かなくちゃならんから、むだにするなよ」

この砂と石ころと岩の丘《おか》を、いったい何時間、いや何日歩くことになるんだろう。昼間はオーブンみたいに熱く、夜になると凍《こご》える寒さになるこの砂漠《さばく》を。

「国境はすぐだ。用心しろ。油断はゆるされん。イランとパキスタンの両方の国境警備隊がいるんだ。それに、難民を餌食《えじき》にしている強盗団《ごうとうだん》もいる。おれにぴったりついて、おれのいうとおりにしろ」

ファリンはそうした。アーマドが伏《ふ》せろ！といえば、石ころだらけの地面に身を投げた。アーマドが走れ！といえば、マメだらけの足がヒリヒリ痛むのもがまんして走った。ふたりは岩山をはうようにして登り、用心しいしい谷間に下りた。大岩が立ちはだかっていればまわり道をし、石につまずいて何度もころんだ。

「ここに入ってろ」

アーマドが岩と岩のすき間を指差した。

「日が暮れるのを待ってから、パキスタン側へ入る。ここから動くな。おれはすぐもどる」

ファリンは岩のすき間に体を押《お》しこんだ。入ってしまうと、見えるものは、青い空の一部と、遠くの岩山のつらなりだけだ。これはまた新たな拷問《ごうもん》だ。とくに、車が通りすぎる音がすると緊《きん》張《ちょう》した。自分がどこにいるのかもわからないから、だれかに見つかっても、どこへも逃《に》げようがない。ファリンは岩の一部になったように、空が青から灰色へ、灰色から黒へと移っていくのをながめていた。

夜もかなりふけてくると、ファリンはもうたまらなくなった。この穴からとびだして一か八か逃《に》げだそう！と決心したとき、アーマドが現われた。

「こい。急げ！」

とにかく一刻も早く、この男から解放されたい。アーマドのうしろを、しびれた足を引きずって追いかけながら、ファリンは心の中で悪態をついた。

アーマドから遅《おく》れると、ブルカを顔に引きつけ、目をこらし網《あみ》目《め》をすかして前を見なければならない。すると、今度は息が苦しくなる。息をするか、前を見るか、つねにどちらかひとつしかできないのだ。

数時間は歩いただろう。夜が明け始めた。もう少しで丘《おか》の頂だというとき、とうとうアーマドがいった。

「着いた。パキスタンに入った。ついにイランを脱《だっ》出《しゅつ》したぞ」

23

ファリンはブルカをぬぎ捨てて、踊《おど》りだしたかった。だが、そうしようと思ったとたん、アーマドが見ぬいていった。

「ブルカはぬぐな。おれについてこい」

あたしにあれこれ命令できるのも、あとわずかよ。ファリンは心の中でぶつぶついいながら、いわれたようにした。丘《おか》の頂上まで登りきると、思わずファリンは立ちどまった。眼下に広がっていたのは、朝日に照らされた巨大《きょだい》な難民キャンプだった。何千何百というテントと泥《どろ》の家。そのあいだを人がアリのようにうごめいている。

「これ、どういうこと?」

アーマドは返事をしない。

「父さんたち、ここにいるの？」

アーマドがさらに足早に丘《おか》を下っていく。ファリンはついていくしかなかった。

ふたりはキャンプに入った。テントのあいだの曲がりくねった道から、さらに狭《せま》い道へとアーマドが走るように歩いていくので、ファリンはつかれた足でついていくのに必死だった。どこもかしこも、ものすごい悪臭《あくしゅう》だ。道の両側は下水がたれ流しになっている。いたるところ、ハエと子どもとゴミがあふれかえっている。前方から、オレンジをうず高く積んだ荷車がやってきた。道が狭《せま》くてすれちがえそうもないのに、荷車の男はかまわず進んでくる。ファリンはよけようとしてよろめき、道端《みちばた》のきたない下水溝《げすいこう》の中に足を落としてしまった。

「何やってるんだ！　どこで洗えると思ってるんだ?!　まったく！」

アーマドはファリンをしかりつけると、さっさと歩きだし、溝《みぞ》からファリンを引っ張り上げてもくれなかった。

ファリンは溝《みぞ》からはいあがろうとしたが、足がヌルヌルすべって上がれない。とうとう、ブルカを着た女がファリンを気の毒に思ったのか、手を差し伸《の》べて引き上げてくれた。

ファリンはその女に礼をいい、急いでアーマドを追いかけた。

泥壁《どろかべ》にそって歩いていたアーマドが、門の前にきてとまった。門といっても、やぶれたきたないカーテンがかけられているだけだ。アーマドはカーテンを引きあけ、中に声をかけた。人が何人も出てきて、アーマドにあいさつをした。アーマドを中に入れてすわらせ、お茶をだした。人々はアーマドのまわりに集まり、話をした。ファリンは入口に立って待った。顔を見せてはいけないかもしれないと思って、ブルカはぬがなかった。

みんなは、ファリンの知らないことばで話している。アーマドがみんなと生き生きと会話しているのが驚《おどろ》きだった。イランでは、いつもファリンたちとペルシャ語で話していたのに。会話の途中《とちゅう》で、一度だけ、ファリンは自分が話題になったのがわかった。アーマドがファリンのよごれた足を指差し、みんなの目がいっせいにこちらを向いたからだ。

やっと女性が何人かきて、ファリンを別のところへつれていった。泥壁《どろかべ》をめぐらせた敷地《しきち》内には、泥《どろ》でできた家や屋根を差し掛《か》けただけの小屋が数棟《すうとう》あった。女たちにつれてこられた狭《せま》い空き地で、ファリンはようやくブルカをぬぎ、外の新鮮な空気を胸いっぱい吸いこむことができた。

「わたしの両親はここにいるの?」とファリンは女たちに聞いたが、ことばがわからないようだった。バケツに少しの水をくんできて、ファリンが足を洗うのを手伝うと、さっさとどこかへ行ってしまった。

ファリンは腰《こし》を下ろして、待った。子どもたちが群れをなしてやってきて、ファリンの正面で立ちどまり、まるで見世物でも見るように、ポカンと口をあけてファリンに見入った。どの子も鼻をたれ、よごれた髪《かみ》はひどくもつれている。服もよごれていて、ほとんどの子がはだしだ。

「こんにちは」とファリンがいうと、みんなケラケラわらった。

ひとりの女性が、お茶を入れたコップとパンをひと切れ持ってきてくれた。ファリンはすぐ食べ始めた。飢《う》え死にするほど、おなかがすいていたのだ！　だが、ふと目を上げると、子どもたちがみな目を丸くして、じっとファリンを見つめている。ファリンがちぎりかけのパンを差しだすと、子どもたちはパッとつかんで、あっという間にちぎりあい、むさぼり食ってしまった。

ファリンのまわりでは、女たちが休みなくはたらいていた。バケツに水をくんできて、子どもたちの体を洗ったり洗濯《せんたく》をしたり。ファリンと同じくらいの年齢《ねんれい》の少女が、木の枝を束ねてつくったほうきで地面をはいている。寝《ね》わらが日に干されている。何やら動物の糞《ふん》をバケツにいっぱい入れて持ってきたと思ったら、ホットケーキのように平らに丸めて小屋の泥壁《どろかべ》に張りつけていく。ファリンには、なぜ女たちがそんなことをしているのかわからなかったが、ひとりの女がやってきて、壁《かべ》に張りついていた乾《かわ》いた糞《ふん》をはがして、それをかまどで燃やしたので、やっと燃料だということがわかった。

そういうことも、少しのあいだは見ていておもしろかった。だが、ファリンはとうとうしびれを切らし、アーマドをさがしにいった。アーマドは敷地《しきち》の中の小屋のひとつで、お茶を飲みながら、ほかの男たちと話をしていた。ファリンはアーマドに声をかけた。

「父さんたちはどこ？　サディーラはどこにいるの？」

アーマドは頭をふって、あっちに行け！と合図した。だが、ファリンは行かなかった。

「両親はどこよ？　サディーラが待ってるっていったじゃないの。今すぐ出発できないの？　どうしてこんなところでぐずぐずしてるのよ？」

「じゃまするんじゃない。今、おれたちは話をしてるんだ」とアーマドがいった。

「話したいだけ話しなさいよ。でも、その前に、いったいどうなってるのか、いって。あとどのくらいここにとどまってるの？」

アーマドは腹立たしげに立ち上がると、ファリンをつきとばすようにして中庭に押《お》しだした。

「これからは、もうさっきのような物言いは許さん。おれはもう、おまえが命令したりおどしたりできる相手じゃないんだ」

「わかった。そうよね。あなたは父さんの命令で最後の仕事をやれば、もう使用人じゃないんだものね。ただ、あたしはこれからのことが知りたいだけ。ここにはいつまでいるの？　サディーラに会うのはいつ？」

「おれたちはとどまる」

ファリンはしばらく、アーマドのつぎのことばを待った。だが、アーマドは何もいわない。

「とどまる？　どこに？　いつまで？」

「おれがとどまるというあいだ、ずうっとだ」

アーマドはそういって、ポケットから一枚の紙をとりだし、広げた。その紙をひと目見たとたん、ファリンにはそれが何かわかった。いやな予感がした。

「この書類には、おれたちが結婚《けっこん》したと書いてある。これは、おまえの命を救ったことへの報酬《ほうしゅう》の一部だ。おまえの父親は、報酬《ほうしゅう》として、おれに金とおまえを渡《わた》した。この書類は本物だ。おまえはおれの正式な妻だ」

アーマドはそういうと、書類をたたみ、ほかの男たちのところへもどろうと、ファリンに背を向けた。

「あたしは同意してない。あたしはだれとも結婚《けっこん》するつもりはないし、まして、あんたとなんか、絶対にしない」

「おまえは生きてる。おれのおかげで。少しは感謝してもいいんじゃないか？　だが、そんなことはどうでもいい。とにかく、ここが今からおまえの家だ。おれたちはずうっとここにいる。おまえにはもう、おまえを待ってる豪邸《ごうてい》なんかない。これからは、はたらかなくてはならん。ここの女たちがおまえに仕事を教えてくれる。ちゃんとはたらくんだ。おれの顔に泥《どろ》を塗《ぬ》るなよ。女房《にょうぼう》もいうとおりにできん夫だと思わせたりしたら、承知せんぞ」

「サディーラはどうしたの？」

「おまえは親に感謝しなくちゃならん。おまえは、両親の名誉《めいよ》につばを吐きかけるような真似をした。だから、両親はおまえを救わなくてもよかったんだ。だが、おまえの両親は大金を払《はら》っておまえの命を救ったし、おまえ自身からもおまえを救ったんだ」

「サディーラよ、サディーラは？」

そうたずねた直後、ファリンにはアーマドの次のことばがわかった。

「それも、おまえの親との契約《けいやく》のうちだ。父親は、おまえを刑務所《けいむしょ》から救いだすことと、おまえの道にはずれた行為《こうい》を完全に終わらせることを望んだ」

「それで、どうしたの？」おびえながら、ファリンは聞いた。

「サディーラは処刑《しょけい》された。死んだよ」

24

悪霊《あくりょう》ハンターの少女は打ちひしがれた。

ハンターが愛し、情熱を注ぎ、ハンターの喜びだった人は死んでしまった。殺したのは悪霊《あくりょう》。死を賛美し、死をむさぼる悪霊《あくりょう》どもだ。やつらは、世界のあちこちで、指導者のすがたをとってカメラに向かいポーズをとる。国民にうそをつき、幼い子どもたちから花束をもらい、同時に、暗い刑務所《けいむしょ》の中で、砲弾《ほうだん》の明るい光の中で、刃向《はむ》かう者を殺すのだ。

悪霊《あくりょう》ハンターは、生きる拠《よ》りどころだった仲間を失った。もう、どうやって生きていけばいいのかわからない。いっしょにいられた時間はほんのわずか。戦うべき悪霊《あくりょう》はまだあまりにも多い。

今、悪霊《あくりょう》ハンターは降伏《こうふく》の危機にある。服従すべきなのだろうか。強いものに身をかがめることがこの世のならいと。不正を許すことは、生きとし生けるものの闘志《とうし》を奪《うば》うことだとわかっているのに。抵抗すべきすべてのことをわすれ去れば、きっと荷が軽くなるだろう。理想をわすれたほうが、ずっと生きやすくなるにちがいない。

悪霊《あくりょう》ハンターはまわりを見まわした。人々は懸命《けんめい》にはたらき、きょうの一日を生き延びるために、ひどい不公平と闘《たたか》っている。その人々に威厳《いげん》がないのではない。世の中が、人々から威厳《いげん》を奪《うば》っているのだ。そういう人々の日々の闘《たたか》いに加わるのは、呪《のろ》われた仕事ではない。なぜなら、日々の仕事自体は、けっして呪《のろ》いではないからだ。貧しさはこの世の不正であって、神が定めたものではない。

でも、自分はそれでいいのか？　日常に屈《くっ》すれば、ハンターの意志は死んでしまう。自分は貝になるだろう。悲しみだけが詰《つ》まった貝に。だが、その悲しみも、じき、恨《うら》みと怒《いか》りに変わるのだ。

悪霊《あくりょう》ハンターはながめた。昼が夕になり、夜になるのを。すわって、ながめ、考え、待った。

やがて、泥壁《どろかべ》の向こうに満月が昇《のぼ》り、銀色の光を少女に注ぎ始めると、ハンターは立ち上がった。

そして、影《かげ》を伝って、門を出た。

ハンターの少女は一歩、また一歩と前に歩きだした。月がぴったりと寄りそった。

自分はどこへ行くのだろう。いつ、つぎの悪霊《あくりょう》が現われるのだろう。

わからないまま、少女は歩きつづける。

月だけをたよりに。

（終わり）

作者あとがき

二〇一三年初夏、わたしはある女性に会いました。その女性は、自分が住んでいたころのイランについて、わたしに語ってくれました。それが、この本になったのです。その人は、自らの経験を公表したいと思いましたが、まだイランに残っている家族を守るために、自分の名前や居場所などを秘密にする必要がありました。そこで、細かい部分は変えざるをえませんでしたが、この本のストーリーは、彼女《かのじょ》の話した内容そのままです。

イランは、多くの詩人や科学者、映画製作者や工芸家、スポーツ選手や学者を有する偉大《いだい》な国です。さまざまな文化と視点を持ち、世界とかかわりを持とうとする人々にあふれる国です。同時にまた、伝統と宗教的信条に深くとらわれた国でもあります。そして、ほかのすべての国と同様、イランの歴史には、これらふたつの考えかたのせめぎあいが何度もありました。

イランの地には、一万年以上前から、人類が住み、文明を築いてきました。一五〇一年のサファビー朝の始まりから、一九七九年のイラン革命の前まで、イランは王によって統治されていました。二十世紀初頭に、人々の政治参加に対する要求が高まり、一九〇六年には、かぎられた形ではありましたが、国会が設立されました。

一九〇八年、イギリスの石油会社が、イラン国内に石油を発掘《はっくつ》しました。第一次世界大戦中、イランはイギリス、オスマン帝国《ていこく》、ロシアによって占領《せんりょう》されましたが、それは、それら三国が、イラン国内にある石油を確保するためでした。

一九二一年、軍のクーデターによって、レザー・カーン・パフラヴィーが新しい国王の座につきました。パフラヴィー国王は、イランの近代化を推し進め、道路や電話の設備、ラジオ、映画、小学校などを整備しましたが、人権や宗教的伝統を犠牲《ぎせい》にしました。また、国王は、ナチス政権と親密な関係を持っていました。一九四一年、ソビエト連邦《れんぽう》とイギリスの軍は、イラン内の石油を確保するためにイランにもどり、国王を追放しました。そして、代わりにその息子、モハンマド・レザー・パフラヴィーを国王に即位《そくい》させ、その統治がそのあと三十八年間つづいたのです。

新しい国王は、当時まだたいへん若く、それに乗じて国会は力を強め、普通《ふつう》選挙を行いました。一九五一年、モハンマド・モサデク首相は、イラン国内の石油企業を国有化して、石油による利益を外国に奪《うば》われないよう動き始めました。しかし、その年のうちに、アメリカの情報機関CIAやイギリスのM16に画策されたクーデターによって、首相の座を追われました。

それ以来、パフラヴィー国王は、アメリカ合衆国軍の支援《しえん》のもと、権力を強めていきました。国王の秘密警察SAVAKは、政敵を逮捕《たいほ》し、拷問《ごうもん》にかけ、処刑《しょけい》しました。一九六四年、イランの宗教的指導者だったアヤトラ・ホメイニ師は亡命させられました。

国王と、そのうしろ盾《だて》となっている西欧《せいおう》に対する反感は急速に高まり、一九七九年、革命によって、国王は国外に追放されました。アヤトラ・ホメイニ師が亡命先からイランに帰国し、イランの最高指導者となりました。

革命後まもなく、イラクが、アメリカ合衆国から武器の供給をうけ、イランを攻撃《こうげき》しました。この両国の戦争は、十年間つづきました。イラクは化学兵器を使い、十万人のイラン人が死亡したと推定されています。ホメイニ師は、化学兵器の使用は神に反すると宣言し、イラクに対し化学兵器は使いませんでした。しかし、その代わり、前線にたいへんな数の兵士を送りこみつづけ、その多くが少年でした。一九八八年、イラン・イラク戦争が終わったときには、百万人にのぼるイラン人が亡くなっていました。

戦争後の数か月のあいだに、イラン政府は、国家の敵とみなした自国民に対する闘争《とうそう》を拡大し、何千人もの人を処刑《しょけい》しました。

イランの同性愛者人権グループ、ホーマンによると、一九七九年以来、四千人以上のレスビアンとゲイが処刑《しょけい》されています。

同性愛者に対して死刑《しけい》を科している国は、イランだけではありません。二〇一三年末の時点で、サウジアラビア、モーリタニア、スーダン、イエメン、ナイジェリアの一部とソマリアの一部も同様の刑罰《けいばつ》を科しています。アジア、アフリカ、南北アメリカ、ヨーロッパ大陸とカリブ海に及ぶ地域の七十以上の国々で、同性愛者であることは犯罪です。罰金《ばっきん》を科する国もあれば、重労働や禁固刑《きんこけい》を科する国もあります。カリブ海のバルバドスやアフリカのシエラレオネでは、同性愛者は終身刑《しゅうしんけい》に処せられます。ドミニカでは、精神科の「治療《ちりょう》」をうけなくてはならず、マレーシアにおいては、ムチ打ちの刑《けい》に処せられます。

イラン国内や世界での同性愛者の人権についての情報は、次のホームページでも調べられます。

・アムネスティ・インターナショナル：　www.amnesty.org
・インターナショナル・ゲイ・レスビアン人権団体：　www.iglhrc.org
・同性愛者難民のためのイラン鉄道：　www.english.irqr.net

・イラン同性愛者人権グループ・ホーマン：　www.homan.se/English.htm

レスビアンとして誇《ほこ》りを持って生きているわたしは、このファリンとサディーラの物語を託《たく》されたことを名誉《めいよ》に思っています。そして、ファリンのモデルである実在の女性が、今後の人生を、可能なかぎり平和に幸福に生きることができるよう願っています。

デボラ・エリス

二〇一四年

作者／デボラ・エリス（Deborah Ellis）

カナダ・オンタリオ州在住。作家、平和活動家として世界中を旅行し、戦争、貧困、病気、差別などによって困難を強いられている子どもたちを取材している。戦乱のアフガンを生きぬく少女を描いた『生きのびるために』『さすらいの旅』『希望の学校』（共にさ・え・ら書房）は、世界17か国で翻訳出版されている。その他の作品に『きみ、ひとりじゃない』（さ・え・ら書房）など。

訳者／もりうち すみこ

福岡県生まれ。訳書『ホリス・ウッズの絵』（さ・え・ら書房）が産経児童出版文化賞に、訳書『真実の裏側』(めるくまーる）が同賞推薦図書に選ばれる。他の訳書に『三つの願い——パレスチナとイスラエルの子どもたち』『語りつぐ者』（共にさ・え・ら書房）、『スカーレット』（偕成社）、『ある日とつぜん、霊媒師』(朔北社）などがある。

九時の月

2017年7月　第1刷発行　　2018年7月　第2刷発行

作　者／デボラ・エリス

訳　者／もりうち すみこ

発行者／浦城 寿一

発行所／さ・え・ら書房　〒162-0842 東京都新宿区市谷砂土原町3-1 Tel.03-3268-4261
http://www.saela.co.jp/

印刷／光陽メディア　製本／東京美術紙工　Printed in Japan

ISBN978-4-378-01522-4　NDC933